AF295032

S.A. MULGERSSON

ITSE PIRU

© 2022 S.A. MULGERSSON

Kannen suunnittelu: S.A. MULGERSSON, VIRPI MÄKELÄ
Sisuksen taitto: S.A. MULGERSSON

Kustantaja: BoD – Books on Demand, Helsinki, Suomi
Valmistaja: BoD – Books on Demand, Norderstedt, Saksa

ISBN: 978-952-80-6156-4

LAUANTAI

On lauantain vastainen yö. Kello on tasan neljä aamuyöstä, mutta Jesse ei saa unta rivitaloasunnossaan. Hän vain istuu sohvalla ja katsoo televisiota mietteliäänä. Hän tuntee olonsa hyvin masentuneeksi ja tyhjäksi. Olohuoneen pöydällä on pistooli, jota Jesse välillä vilkaisee nopeasti. Hän tietää, että siinä on vain yksi luoti pesässä. Yksihän riittää.

Hänen kätensä tihkuvat hikipisaroita. Jesse kuivaa hikiset kätensä farkkuihinsa ja alkaa tuskastua.

"Teenkö sen?" hän miettii ja vilkaisee jälleen ladattua pistoolia. Jesse vaihtaa asentoa. Tässä mielentilassa on vaikea löytää mukavaa asentoa edes omalta tutulta sohvalta. "Tee se nyt saatana!" hän karjaisee päässään. "Nyt vittu lähtee!"

Jesse ottaa nopeasti aseen pöydältä ja painaa sen ohimoaan vasten. Hänen ilmeensä ei värähdäkään.

"Se on nyt sitten menoo", hän miettii. Sitten hän painaa silmänsä kiinni ja valmistautuu painamaan liipaisinta. Yksi kyynel vierähtää hänen poskelleen, ja muistoja vilahtaa nopeasti hänen elämästään ajatuksina.

Yhtäkkiä puhelin soi.

"No kuka vittu siellä nyt on? Juuri nyt!" Jesse miettii tuohtuneena ja laskee aseen takaisin pöydälle. Hän ottaa kännykkänsä olohuoneen pöydältä ja katsoo kuka soittaa. Se on Pave, hänen vanha lapsuudenystävänsä. Jesse ryhdistäytyy ja vastaa sitten puhelimeen.

- No moi, Jesse yrittää vastata normaalisti.

- Moro, oliksä hereillä vai, mitä sä touhuut? Pave tervehtii ja kysyy nopeasti.

- Kattelen tässä Putousta nauhalta.

- Aha... Täs on semmonen juttu päällä, että mä olen vähän kusessa, pystyksä jeesaa vähän? Pave kuulostaa hieman kiihtyneeltä.

- Mitä sä tarkotat? Jesse kysyy.

- Puhutaan mieluummin kasvotusten. Kuinka nopeesti sä pääsisit mun luo? Olis vähän kiirus...

Jesse huokaisee, mutta on valmis aina auttamaan lapsuudenystäväänsä Pavea.

- Just... No jos mä juon vaan nopeesti kupin kahvia ja lähen sitten ajeleen sinnepäin.

- Ok. Hyvä homma. Tuu nopeesti. Sitten Pave lopettaa puhelun

Jesse miettii, että "mitähän nyt? Onko Pavella ja hänen puolisollaan Roosalla ollut taas riitaa? Hän kuulosti hieman hätääntyneeltä."

"Paras vetää vedot ja lähteä liikkeelle", hän miettii. Jesse tarkoitti puhelussa kahvilla pirivetoja, hän käyttää piikkiä. Sitten hän valmistaa vedon keittiössä snapsilasiin ja menee kylpyhuoneeseen vetämään sen. Hän työntää neulan kyynärtaipeeseensa ja painaa piikin männän pohjaan nopeasti ja puuskuttaa hetken. Jesse on nyt skarppina ajamaan. Tähän on mennyt aikaa noin vartin verran.

Jesse siistii kammalla nopeasti vaaleanruskeat hiuksensa. "Nyt on aika lähteä. Parasta mennä nopeasti." Jessellä ei ole mitään hajua, miksi Pave oli niin hätääntynyt. Hän nappaa avaimet keittiön pöydältä ja heittää takin niskaan. Ovella hän kuitenkin pysähtyy ja kääntyy takaisin ottamaan pistoolin olohuoneen pöydältä. Jesse laittaa sen selän ja vyön väliin. "Ei sitä ikinä tiedä", hän miettii. Hän sammuttaa asunnon valot ja poistuu sieltä vähin äänin.

Hän avaa auton oven, sujahtaa kuskin paikalle kuin salama ja käynnistää auton. Auto hörähtää käyntiin, ja hän peruuttaa pihalta autotielle totuttuun tapaan.

Matkalla hän miettii, miten juuri aikoi tappaa itsensä. Mieleen tulvii ajatuksia avovaimosta. He ovat olleet asumuserossa jo jonkin aikaa, mutta nyt hän kaipaa Jonnaa. Jotenkin eniten kuin koko sinä aikana kuin he ovat olleet erossa.

Mutta nyt ei auta miettiä moisia. Ystävä on jonkinnäköisessä pulassa, ja pakkohan sitä on mennä auttamaan, mitä ikinä siellä onkaan vastassa, kaikki otetaan vastaan. Se on aina ollut Jesselle mielekäs mentaliteetti.

On lokakuun loppu, ja arvoituksellinen sumu peittää aamuöistä kaupunkia, jonka läpi Jesse ajaa nopeusrajoitusten mukaisesti. Kaupunki on täysin hiljainen tähän aikaan yöstä.

Hän saapuu Paven kerrostalolle ja parkkeeraa vieraspaikalle, jonka jälkeen hän sammuttaa auton. Jesse hengähtää hetken - "taidan olla aika hyvissä vauhdeissa". Ihan laadukasta kamaa, kuten hänellä yleensä aina on.

Hän soittaa Pavelle alaovelta.

- Juu! Pave vastaa nopeasti.

- No moi, tuuksä avaamaan oven? Mä oon täs alhaalla.

- Joo, okei mä tuun ihan just.

Taustalta kuuluu jotain möykkää. Ehkä tyhjien pullojen kilinää. Sitten Pave lyö luurin Jessen korvaan.

Rappukäytävään syttyy valot. Pari minuuttia myöhemmin Pave hoippuroi alaovelle ja päästää Jessen sisään rappuun. Paven kalju pää suorastaan kiiltää, ja hänellä on kireä, lihaksikasta ylävartaloa myötäilevä urheilupaita, jonka päällä roikkuu paksu hopeinen panssariketju.

-Helvetin hyvä että pääsit tulemaan! Pave sanoo. Hän vaikuttaa helpottuneelta nähdessään Jessen.

He astuvat hissiin ja nousevat viidenteen kerrokseen. Pave selittää samalla sekavasti, että hänellä on jokin ongelma, mutta ei tarkenna asiaa vielä, hän on selkeästi päihtynyt. Hissi pysähtyy, ja he menevät sisään Paven kämppään.

-Ei tarvii ottaa kenkiä pois.

"Ei ois tullut mieleenkään ottaa", Jesse ajattelee, kun katsoo missä sotkussa kämppä oikein on. Kaikki näyttää olevan vähän rempallaan.

He menevät keittiöön, jonka tiskipöytä on täynnä likaisia astioita, tyhjiä kaljatölkkejä ja viinapulloja. He istuvat keittiön pöydän ääreen. Pave kysyy haluaako Jesse paukun. Jesse kieltäytyy koska ei käytä alkoholia kuin erikoistilanteissa, ja silloinkin hyvin hillitysti.

- Noh, aioksä kertoa mitä nyt? Jesse kyselee.

- Joo, joo... Tota me otettiin täällä vähän viinaa tossa eilen ja ööö... toissa päivänäkin ton yhen ryssän kanssa, keneltä mä olen ostanut niitä stereoita ja muuta elektroniikkaa.

- Niin? Jesse tivaa.

- Niinni se alko yöllä jotain vittuilee ja halus painia.

- Niin? Jesse toistaa korottaen hieman ääntään. "Mitä vittua?"

- No mä en halunnu painia, ja se vaan kävi päälle, ni mä laitoin sen nippuun.

- Aha. No miten tää liittyy muhun? Jesse ihmettelee ja levittelee käsiään.

- No mä vedin sitä ryssää aika pahasti pataan. Tuu kattoon.

Pave ohjaa Jessen vessaan, jossa roikkuu käsiraudoilla kiinni patterissa mies. Tajuttomana, naama ja paita veressä.

- Kuka toi on?

- No se ryssä!

- Ei vittu Pave! Miks se on käsiraudoissa?

- No se ei meinannu luovuttaa millään, ni mä sidoin sen patteriin ottamaan lepiä. Mitä sille pitäis tehdä?

- Oota vittu mä mietin. Vittu!

He siirtyvät takaisin keittiöön. Jesse miettii hetken ja kysyy sitten:

- Missä sun muijas on?

- Se on jossain juhlimassa tyttöystäviensä kanssa.

- Okei, meidän pitää päästä eroon tosta ryssästä ennen ku Roosa näkee sen.

- Joo. Ööö... Mitä sä tarkotat, kokonaan eroon vai?

- No nyt alkuun vaikka vittuun se täältä kämpästä. Herätetään se nyt ensin.

Jesse valmistaa pienen heräämiskoktailin ruiskuun, ja he menevät takaisin vessaan. Jesse irrottaa käsiraudat ja työntää neulan Paven venäläisen kaverin taipeeseen ja painaa tavaran hänen suoneensa.

Hetken päästä mies alkaa pudistella päätään ja nostaa katseensa heihin. Hänen silmänsä ovat melkein kokonaan muurautuneet umpeen, ja pää on selkeästi turvoksissa.

- Ette the mjulle pärjää! venäläinen sopertaa.

Jesse ja Pave repeävät nauruun. Jesse läpsii miestä poskiin ja sanoo kovaan ääneen:

- Hei kaveri hei! Herää! Kotiinmenoaika!

Mies alkaa virota. Pave avaa käsiraudat ja nostaa hänet riskinä miehenä ylös kylpyhuoneen lattialta. Jesse käskee Pavea siistimään miehen naaman märällä pyyhkeellä. Venäläisen molemmat silmät ovat kuin luumut ja nenä on haljennut keskeltä.

- Mitäs nyt, sairaalaanhan se pitäis saada, eiks ni? Pave kysyy.

Jesse miettii hetken aikaa.

- No oot sä sitä paukuttanu aika hyvin. Mä soitan yhden puhelun tutulle taksikuskille, Heinolle, se saa heittää sen sairaalaan ja se osaa pitää suunsa kiinni.

Jesse soittaa taksikuski Heinolle. Jonkin tovin päästä tämä saapuu alapihalle, ja miehet kantavat venäläisen autoon. Jesse juttelee tupakan verran kahden kesken Heinon kanssa hiljaiseen sävyyn, ja antaa lopuksi kaksi viisikymppistä Heinolle. Sitten taksi lähtee pihasta.

- Se oli siinä! Jesse sanoo. - Nyt vaan toivotaan, että sen muisti on paskana. Siivoo kämppä veritahroista ennenku Roosa tulee.

- Joo. Kiitti Jesse taas, mä jo mietin, että mitä vittua mä teen. Mut mä meen nukkumaan nyt, koita säkin saada unta vähän.

- Ei mitään, sattuuhan sitä kaikkea välillä. Katellaan vaik iltapäivällä uudestaan.

Jesse huokaisee syvään ja ajaa kotiin lepäämään.

Jesse säpsähtää hereille. Hän on aivan unen pöpperössä ja nousee istumaan sohvallaan. Hän hieraisee unipölyt silmistään ja ihmettelee että onko nyt aamu vai ilta? "Ja mikä päivä? Kauanko mä oon oikeen nukkunut?".
Ulkona on pimeää.

Jesse venyttelee käsiään leveästi ja haukottelee. Hän ottaa kännykän olohuoneen pöydältä ja avaa näppäinlukituksen. Neljä puhelua tullut, Pavehan se siellä on kaipaillut.

Jesse katsoo kelloa kännykästään, se on vähän yli kahdeksan illalla. Hän miettii, että "nukuin kellon ympäri näköjään". Hän ei jaksa vielä soittaa Pavelle, hän keittää ensin kahvit – oikeat kahvit.

Hän vilkaisee samalla laskupinkkaa keittiönpöydällä. Onpa masentava näky. Yhtäkään kirjettä ei ole avattu moneen viikkoon.

"Varmaan perintäkirjeitä siellä on ainakin."

Työpaikkansa hän jätti muutama kuukausi sitten. Hän oli töissä rakennusalalla, tienasikin ihan kohtuullisen hyvin, kunnes Jonna halusi erota Jessen päihteidenkäytön takia. Rivitaloasunto on puoliksi ostettu, ja Jessen pitäisi poistua kämpästä kuun loppuun mennessä. Jonna haluaa ostaa hänet ulos asunnosta, jäädä siihen yksin asumaan.

Kahvi on tippunut. Jesse kaataa kuppiin kahvia ja lisää maitoa reilusti.

Hän kaivaa sohvalla olevista farkuista pehmeän Camel-askin ja menee takapihalle tupakalle kahvin kanssa. Takapiha on laitettu talvikuntoon, eikä siellä ole muuta kuin pieni pöytä ja kaksi siroa tuolia, joista toiselle Jesse istahtaa.

"Ahhh... Kylläpäs päivän ensimmäinen tupakka maistuu aina parhaalta!" hän ajattelee samalla kun imaisee ensimmäiset sauhut suosikkisavukkeestaan.

Sisältä kuuluu vaimea tekstiviestin merkkiääni, mutta Jesse nauttii rauhassa tupakan ja hörppii kahvia.

Poltettuaan hän tulee takaisin sisälle ja istuu olohuoneen sohvalle. Hänen päänsä on kuin buddhalaisella munkilla. Turta ja tyhjä. Ei huolen häivää juuri nyt. Olo on rento hyvien unien jälkeen. Jesse hörppää kahvia ja laskee kahvikupin pöydälle. Hän nappaa kännykän pöydältä ja lukee viestin. Pave on lähettänyt viestin: 'Soita kun pystyt'.

Jesse juo kahvinsa loppuun nopeasti ja soittaa hänelle. Puhelin hälyttää ja Pave vastaa.

- No huomenta! Mitäs Jesse Ventura tietää?

Pave on taas humalassa, niin kuin yleensä.

- No moi, justiinsa heräsin.

- Aijjaa, no sähän nukuit sitten kunnolla. Hei! Mitä sä meinasit tänä iltana?

- En mä tiedä, ei oo kerennyt vielä miettimään.

- Kato ku mä mietin sitä tän aamuista ja ajattelin että olisin tullut käymään? Otetaan pari kaljaa ja silleen lauantain kunniaks. Siis jossei sulla mitään parempaa tekemistä ole? Hä?

- Onks nyt lauantai? Vittu mä olin ihan sunnuntaissa. Jessellä on päivät sekaisin.

- HAHAHA! Lauantai lauantai!

- Senkus tuut, mut mitään viinaörvellystä ei nyt sitten jaksa kattoo.

- Joo, ihan bisselinja. Sopiiks et mä tuun jonku puolen tunnin päästä taksilla? Pystyksä maksaa taksin? Mul meni kaikki rahat yhteen yllätykseen. Pave nauraa hieman perään.

- No joo kyl se käy, soita ku oot pihalla.

"Yllätys?" Jesse miettii, että mitähän sillä on nyt mielessä.

Jesse laittaa farkut jalkaan ja siivoaa asuntoa sillä aikaa, kun odottaa Pavea.

Hän alkaa empimään, että pitäisikö ottaa vähän piriä tässä odotellessa. Sormet naputtaa polvea. Hän vilkuilee kelloa parin minuutin välein.

"Ja paskat!" hän miettii. Jesse lähtee väsäämään vetoja keittiöön. "Mitä sitä itteesä kiusaamaan", hän tuumaa.

Jesse menee kylpyhuoneeseen vetämään vetoja. Juuri kun hän saa tökättyä neulan suoneen, niin puhelin soi olohuoneessa. Hän painaa nopeasti männän pohjaan, menee sitten keittiöön laittamaan neulan tyhjään kaljatölkkiin ja laittaa sen kaapin perälle piiloon.

"Helvetti, kyllähän pärähti!"

Puhelin alkaa soida uudestaan. Jesse menee keittiön ikkunalle, josta näkee etupihalle, ja taksihan siellä näyttäisi olevan. Hän laittaa saunatossut jalkaan ja menee ulos taksin luo.

"Heinon taksihan se on", Jesse toteaa. Hän menee maksamaan taksin ja huomaa, että Pave ei ole tullut yksin. Mukana on myös hänen naisensa Roosa ja joku tuntematon laittautunut nainen.

- Moro Heino, paljonko mä olen velkaa?

- Kakskytkolme nelkyt, taksikuski vastaa.

- Vinguta tota korttia. Jesse kaivaa lompakostaan luottokorttinsa ja ojentaa sen Heinolle.

- Seelvä. Tuosta sitten pin-koodia.

Heino ojentaa maksupäätteen Jesselle. Autossa ollaan hauskalla tuulella äänen volyymin perusteella. Porukka alkaa poistua autosta. Jesse näppäilee tunnusluvun, ja kuitti tulee ulos laitteesta.

- Mitens meni loppu aamu? Heino kysyy Jesseltä.

- No kotiin kun pääsi niin nukahdin aika pian, itse asiassa heräsin joku aika vasta. Mitens meni se sun keikkas?

- Se meni ihan hyvin, taksikuski sanoo ja jatkaa sitten hiljaisemmalla äänellä: - Vein sen kaverin sairaalaan, sanoin että löysin sen aseman penkiltä sammuneena.

- Okei. Hyvä juttu. Kiitti.

- Mutta pitäkää hauskaa, mulla keikkaa pukkaa. Ottakaa iisisti.

Heino peruuttaa autonsa pois pihatieltä ja lähtee. Pave tulee halaamaan Jesseä. Hän on hilpeällä tuulella ja sopivassa humalassa.

- Ei kai haittaa, että mä toin vähän seuraa mukana? Pitäähän sitä vähän naisia olla seuraksi! Pavella on leveä hymy hieman pöhöttyneillä kasvoillaan.

- Eipä tuo kait mitään. Moi Roosa! Me ei ollakaan ennen tavattu? Jesse sanoo ohimennen uudelle naamalle.

- Moi mä oon Krista! Pave on puhunut susta pelkkää hyvää koko illan.

- Aijjaa. Joo mä olen Jesse. Mennään sisään vaan. Kämppä on ehkä vähän sotkuinen et koittakaa kestää, mä en odottanut vieraita.

- Ei varmasti yhtä sotkuinen kuin meijän kämppä. Pave lisää.

Porukka menee sisään, ja Pave laittaa kaljat jääkaappiin kuin kotonaan sekä pari halpaa skumppapulloa neitejä varten.

"Tämä Kristahan on viehättävän näköinen", Jesse tuumaa. Hänellä on punamustat pitkät hiukset, hän on muodokas ja jotenkin antaa raikkaan ilmapiirin pirtsakalla olemuksellaan. Jesse lumoutuu hänestä, mutta Jesse on herrasmies, joten hän ei näytä kiinnostustaan Kristalle. Hänen mieleensä tulee silti väkisinkin härskejä ajatuksia.

- Sullahan on Jesse kiva kämppä! Krista sanoo.

- Aijjaa. Kiitoksia. Tätä nyt kestää vielä kuun loppuun ja sitten pitäisi muuttaa pois.

- Niin toi Pave sanoikin, että oot eronnut joku aika sitten, kauanko te olitte yhdessä?

- Yhdeksän vuotta. Se oli parempi näin monistakin syistä.

- Oooo! Voin uskoa, että on varmasti raskas muutos, Krista sanoo hieman säälivään sävyyn.

- No joo, ehkä vähän. Vähän niinku päivä kerrallaan on menty, jos ymmärrät.

Krista keskeyttää Jessen.

- Mitä musiikkia sä kuuntelet? Laitetaanko vähän musiikkia?

- Laita vaan mitä haluat. Avaa se läppäri olohuoneessa. Laita vaikka Youtubesta mitä haluat.

- Ok! Krista vastaa innokkaana.

Krista menee olohuoneeseen läppärin kimppuun. Roosa ja Pave on vallannut jo keittiön pöydän. Roosa availee skumppapulloa, ja Pave lipittää olutta pitkin huikin.

- Mites sulla on mennyt, kun Jonnan kanssa tuli ero? Roosa kysyy Jesseltä.

- Voidaan me puhua jostain

mukavammastakin, jos haluut? Roosa lisää.

Roosa yrittää olla aina toisia kunnioittava eikä halua tunkeilla.

- Itseasiassa mä koitan olla miettimättä koko juttua. Pitäiskö Pave laittaa sauna tulille?

- Joo miksei, Pave vastaa. - Iltahan on vasta nuori. Käydään vaikka saunassa ensin ja sitten katotaan sitä yllätystä.

Pave vinkkaa silmällään samalla Kristalle olohuoneeseen, ja Roosa alkaa hihittelemään. Jesse ihmettelee hetken ja sitten hymyilee vaan.

- Kuitti ja ymmärretty. Mä käyn laittamassa saunan tulille, Jesse sanoo lopulta.

Jesse nostaa oikean käden ylös, kuten armeijassa on opetettu tekemään, kun ymmärtää käskyn. Hän menee kylpyhuoneeseen ja laittaa saunan kiukaaseen kolme tuntia aikaa. Jessellä on hyvä tunne tästä illasta, vaikka ei odottanutkaan seuraa – varsinkaan naisseuraa. Jesse tulee yleensä melkein paremmin toimeen naisten kanssa jostain syystä. Heidän kanssaan on helpompaa jutella.

Hän palaa kämpän puolelle, ja siellä musiikki soi jo. Krista on laittanut raskaampaa musiikkia. Jesse tykkää siitä ja siirtyy keittiön pöydän äärelle, jonne Kristakin on siirtynyt.

- Mitä musiikkia tää on? Jesse kysyy Kristalta.

- Psychobillyä, ooksä kuullut ikinä? Tää on vähän niinku rockabillyn ja punkin ja hevin sekoitusta. Tykkäätsä?

- No joo aika menevää ja raskasta. Mä olen yleensä kuunnellut Metallicaa, Gunnareita ja sellasta. Jessen mieleen tulee aina lapsuusajat, kun hän mainitsee nämä bändit. Niiden avulla hän kasvoi aikuiseksi.

- Yks mun tuttu kuunteli tätä, ja mä tykästyin kans tähän. Se on sellanen elämäntaparokkari, Krista sanoo kaveriansa kunnioittaen.

- Mites Jesse, ooksä valmis kohtaamaan sun heikkouden taas? Pave keskeyttää keskustelun.

- Mitä vittua? Eihän mulla ole kuin yksi heikkous. Onks sul sitä? Jesse kysyy innostuvaan sävyyn samalla, kun Pave ottaa taskustaan minigrip-pussin ja heittää sen pöydälle. Jesse tarkastelee pussia. - Ai saatana! Onks tää sitä itteään? hän huudahtaa.

- Koksuu joo, pitäis olla hyvää, Pave vastaa.

- Krista auttoi järkkäämään sen sulle, tai varmaan kyl kaikille maistuu tässä. Sä oot niin paska jätkä, että pitää vähän hemmotella sua. Pave nauraa muikeasti päälle. Jesse avaa pussin, maistaa pikkurillillä vähän ja odottaa hetken. Hänen huulensa alkavat puutumaan.

- Vittu on se sitä! Tehäänkö lainit kaikille. Ja muuten kiva kun tulitte, ei oo paljoo tullut sosialisoitua viime aikoina, kun on ollut kaikkee muuta mielessä.

- Se on ihan ymmärrettävää, Roosa sanoo.

- Juhlitaan nyt vähän! Krista, väsää sä ne.

Krista hakee cd-levyn olohuoneen hyllystä ja katsoo mikä levy se on takaisin tullessa.

- 30 seconds to Mars... Tää käy hyvin teemaan, hän naurahtaa.

Krista kaataa pussista aika reilusti tavaraa cd-levyn päälle ja alkaa koputtamaan sitä kortillaan. Jesse katsoo, että aika näppärästi se käy noin kauniilta naiselta ja ottaa samalla 50 euron setelin lompakostaan. Sitten jokainen vetää nokkaan viivan. Kaikki alkaa nuuskimaan, ja Pave meinaa aivastaa, mutta estää sen painamalla sieraimensa kiinni. Pave lyö nyrkillä pöytään.

- AI SAATANA! hän sanoo kovaan ääneen.

- On se sitä itteesä. Vittu khoukein!
Kaikki alkavat nauraa. Se tuli jotenkin niin sydämestä. Jesse ottaa vielä toisen viivan ja huokaisee syvästi.

Jonkun ajan päästä kaikki tuntuu olevan hyvissä nousuissa ja kommunikaatio hoituu nopeasti ja ristiin puhumalla. Jokaisella tuntuu olevan paljon asiaa. Krista ja Jesse tulevat hyvin juttuun, ja Krista hymyilee ja nauraa kaikille vitseille, joita Jesse viljelee. Jessellä on hyvin itsevarma tunne. Hän miettii että "voi vittu nyt sitä paskaa alkaa tulemaan suusta, I fucking love cocaine!"

Jesse heittää ilmoille yllättäen ajatuksen.

- Työnnä tussi mun perseeseen ja kurista mua villasukalla!

Kaikki repeää nauruun taas täysin. Jessen olo on rentoutunut ja tuntuu että tämä porukka on hyvä illan viettoon. Yhtäkkiä Jesse sanoo, että sauna taitaa olla valmis.

- Mennään Paavo saunaan! Kait te neidot pärjäätte täällä kahdestaan hetken?

- Eiköhän me pärjätä hetki ilman miehiä. Menkää vaan saunaan, Roosa vastaa.

Roosa ja Krista tuntuvat tulevan hyvin juttuun. Pave ja Jesse siirtyvät saunaan.

Miehet istuvat saunassa, ja Pave heittää reilusti löylyä, niin että tuntuu nahassa kunnolla.

- Kerroiksä Roosalle siitä ryssästä? Jesse kysyy hiljaisella äänellä.

- Täh? En tietenkään, sehän suuttuis mulle, jos meidän kämpässä tommosta sekoilua olis ja varmaan jättäis mut. Se on sen verran herkkä, ja mä olen luvannut lopettaa sekoilun.

- Niinhän se ehkä menis. Nii oothan sä ollut paljon lungimmin nykyään ku mitä joskus meno on ollut. Paitsi toi viime töppäys.

- Joo sillon ku veti horppaa ja pumppas rautaa, sitä vähän kilahteli pienistäkin asioista.

- Nii ethän sä ylireagoinut nytkään siihen ryssään vai?

- No vittu. Mä en halunnu painia. Vituttaa sellanen.

- Se oli retorinen kysymys, Pave. Olipahan kyllä typerä veto siltä alkaa painimaan sun kanssa. Oot sä sen verran skrode jätkä. Jesse nyökkää päällään kohti Pavea, ja lisää: - Kato nyt ittees!

- No mä nyt oon tällanen nallekarhu!

Molemmat nauravat. Sitten Jesse siirtyy suihkuun ja laittaa shampoot päähän ja alkaa pesemään hiuksiaan. Samalla hän tuntee kokkelimunan persevaossaan. Jesse hätääntyy.

- MITÄ VITTUA! hän huutaa ja koettaa pestä shampoon nopeasti pois hiuksistaan. Hänen olonsa on kuin puolustuskyvyttömällä hylkeellä.

- Sori tää kokkeli pistää homoiluttaa! Vitsi vitsi! Pave lopettaa ja naureskelee hermottomasti.

- Vittu sun kanssa! Sä oot kyl ihan himmee...

- Pese paikat kunnolla ni oot sitten puhdas. Pave käärii pyyhkeen rullalle ja läimäyttää sillä läppänä Jesseä selkään.

- Hahahaha! Pave nauraa räkäisesti.

Samalla Jesse vetää pyyhkeen lanteilleen ja kävelee kylpyhuoneesta keittiöön jääkaapille.

- Pitäiskö mun yksi saunabisse ottaa? hän miettii ääneen.

Jesse ottaa jääkaapista oluen, avaa sen ja ottaa pitkän huikan. Yhtäkkiä Jesse huomaa keittiön pöydän ääressä Kristan katsovan jotenkin oudosti häntä vihreillä kauniilla silmillään, ja nainen alkaa lipoa kielellään huuliaan.

- Mitä? Sanoinks mä jotain vai mitä? Jesse ihmettelee.

Krista näyttää sormellaan kutsuvasti, että tule tänne. Jesse siirtyy Kristan viereen. Krista koskettaa Jesseä alapäästä pyyhkeen läpi. Jesse miettii vain, että "okei, antaa palaa vaan". Roosa hihittelee keittiön pöydän toisella puolella.

- Ottaako herra hieman virvokkeita tässä vaiheessa? Roosa kysyy.

- Kyllähän sitä viiva maistuisi.

Roosa nousee ylös tuoliltaan ja tuo cd-levyn hänen luokseen. Hän pitelee sitä ilmassa. Jesse imaisee viivan sieraimeensa ja nuuskii hetken, ja kokaiini tuntuu nenän perukoilla asti.

Sitten Roosa laskee cd-levyn kannen pöydälle ja menee takapihalle tupakalle.

Krista riisuu pyyhkeen Jesseltä ja alkaa ottaa häneltä suihin.

- Jaahas, ai näinkö tää nyt menee? Jesse sanoo.

- Sshhhh. Nauti vaan, Krista sanoo.

Jesse miettii, että kylläpä tuntuu aivan sairaan hyvältä. Krista osaa kyllä juttunsa. Samassa Pave kävelee keittiön ja olohuoneen välistä, katsoo naureskellen ja näyttää peukaloa Jesselle samalla, kun hän hiippailee takapihalle. Jesse näyttää peukaloa takaisin ja yrittää olla nauramatta.

SUNNUNTAI

Kello vierähtää yli keskiyön. Krista ja Jesse ovat saaneet hommansa juuri päätökseen ja musiikki on pysähtynyt koneelta. Krista katsoo Jesseä syvälle silmiin.

- Helpottiko? nainen kysyy Jesseltä.

- Kyllä! Nyt on aika raukee olo. Kiitos, Jesse huokaisee perään helpotuksesta.

- Senhän takia kavereita on.

- Ollaanks me kavereita? Jesse kysyy häneltä.

- Voitais ehkä olla enemmänkin joskus? Krista vinkkaa silmällään, ja molemmat hymyilevät.

- Nii eihän sitä tiedä. Oot sä kyllä aikamoinen pakkaus, Jesse myöntää.

- Tiedän, Krista toteaa itsevarmasti.

Pave ja Roosa tulevat takaovesta sisään ja hymyilevät.

- Joko aletaan juhlimaan vai jäiks teillä vielä jotain kesken? Pave sanoo kovaan ääneen.

- Ei, jatketaan vaan, Jesse sanoo rentoutuneella äänensävyllä.

Krista menee laittamaan musiikkia koneelta. Nyt hän laittaa konemusiikkia ja ääntä kovemmalle. Hän alkaa tanssimaan seksikkäästi olohuoneessa, tämän Jesse kyllä huomaa. Hän ei saa katsettaan irti Kristan muodokkaasta lantiosta, kun tämä tanssii musiikin mukana. Jesse miettii, että tästähän voisi kehittyä jotain kivaa. Hänen pirihammastaan alkaa kolottaa, vaikka kokaiini onkin maistunut koko illan. Jesse miettii, että miten hän saisi vedettyä pirivedot ilman, että kaikki huomaavat sen. "Vai pitäisikö vain heittää ilmoille, että otetaanko amfetamiinia välillä, että jaksaa taas?" Hän päättää kysyä seurueelta.

- Tota, maistuisko jollekin muullekin vähän piriä?

Kaikki katsoo vähän aikaa Jesseä ja prosessoi kysymystä. Krista siirtyy keittiön puolelle Jessen luo ja sanoo:

- Kyllä mulle maistuis! Onks minkälaista?

- No sellasta metapohjasta.

- Ui! Näytä! Krista innostuu.

Jesse kaivaa pussin keittiön kaapista ja näyttää sitä Kristalle. Krista avaa pussin ja nuuhkaisee sen tuoksua.

- On kyllä hyvän näköstä ja haisee ihan kuolemalta! Onks sulla värkkejä?

Jesse on hyvin yllättynyt Kristan kysymyksestä, sillä hän ei olettanut pienessä mielessäkään, että Krista käyttäisi piikkiä. Jesse ottaa päivystyspakkauksen kaapista ja pari snapsilasia.

- Osaaksä tehdä vedot? hän kysyy naiselta.

- Osaan osaan! Onks sulla mittaria? Krista tarkoittaa puntaria. - Paljon mä laitan kuppiin? hän kysyy Jesseltä.

- Laita mulle ainakin puolikas ja tee itelles sellanen miltä tuntuu.

- Jos mä laitan gramman samaan lasiin, ni teen siitä molemmille puolikkaat.

- Vaikka. Onks sulla millaset toleranssit? Jesse kysäisee varmuuden vuoksi.

- No yhellä kaverilla on jotain 70-prossasta välillä, ni ollaan vedetty sitä sellasenaan. Vähän pienempiä määriä vaan, Krista selittää samalla hiplaten piripussia.

- Okei. 70-prossasta? On se jyrkkää.

- On, Krista vastaa ja alkaa väsäämään vetoja keittiön pöydällä.

Jesse katsoo Roosaa ja Pavea kysyvästi, ja he pudistavat päätään. Roosa vihaa neuloja.

- Jos voisitte tehdä sen sitten vessassa, kun mä en tykkää neuloista, hän sanoo Jesselle ja Kristalle.

- Joo totta kai.

Jesse ja Krista jatkavat väsäämistä kylpyhuoneessa. Jesse miettii, että "tää typyhän on täydellinen! Hän on seksikäs, iloinen, meillä on yhteinen harrastus ja hän ottaa kuin enkeli suihin."

Hetken päästä molemmat ovat ladatut pumput kädessään ja asettavat neulan värkkiin kiinni. Jesse kysyy Kristalta:

- Vedetäänkö samaan aikaan ja katotaan toisiamme silmiin, kun painetaan mäntä pohjaan? Mä haluan jakaa tän hetken sun kanssa, Jesse sanoo naurahtaen.

Krista nyökkää hyväksyvästi ja on keskittyneen näköinen. Molemmat löytävät suonen, Krista taipeestaan ja Jesse kämmenselästään. He vetävät pumpusta pakit ja katsovat toisiaan.

- Noni, ooksä valmis? Jesse sanoo.

- Juu, jack it up!

Molemmat painavat mäntää pumpusta puoliväliä kohti ja pitävät sitten pienen tauon. Sitten he jatkavat loppuun asti hitaasti mäntää painaen. He katsovat samalla toisiaan silmiin. Molemmat alkavat puuskuttaa, pupillit levähtävät aivan lautaseksi ja hengitys on tiheää. Jesse hieman murisee, ja Krista nojaa wc-pöntön selkäosaan, sulkee silmänsä sekä ähkäisee nautinnosta. Jesse alkaa höhöttää joten Krista havahtuu katsomaan häntä.

- Aiiii vittu, että tuntuu hyvältä! Krista sanoo hengästyneenä.

- Älä, tää on aika vahvaa meta-pohjasta! Jesse sanoo leveä hymy naamallansa.

- Vittu mä rakastan metaa! Wuuhuu!

- Onko siellä kaikki hyvin? Roosa huutaa keittiöstä.

- On on! Me tullaan hetken päästä! Krista vastaa Roosalle kovaan ääneen.

Jesse istuu kylpyhuoneen lattialla aivan pireissä ja kysyy yllättäen Kristalta:

- Uskotko sä että ihminen voi rakastua ensivedoilla?

- Ensivedoilla? Krista ihmettelee, mitä Jesse selittää.

- Nii että se yhteys mikä siinä syntyy, kun yhdessä vetää, on jotain sellaista niin erikoista, että rakkauden ateistikin kääntyis, jos vetäis vedot metaa jonkun sopivan muidun kanssa. Oisko se mahdollista? Jesse alkaa pälpättää.

Krista repeää kovaan nauruun.

- Siis tarkotatko sä ittees?

- Ehkä, Jesse hymyilee perään.

- Voi Jesse, sä oot niin söpö ja hauska! Mä kirjoitan mun numeron sun käteen! Sitten mennään pois täältä kylppäristä.

Jesse ja Krista menevät keittiöön ja laittavat värkit tyhjään tölkkiin. Molemmat naureskelevat ja huojuvat hieman. Pave ja Roosa näyttävät tympääntyneeltä.

- Avatkaa tytöt se skumppapullo, nyt aletaan juomaan! Pave sanoo. - Annatko Jesse pari kaljaa mulle kaapista, ja ota itelleskin. Sun suu näyttää kuivalta ku Sahara!

Pave alkaa juomaan pitkin huikin oluttölkkejä, ja naispuoliset juovat skumppaa. Kalja Jessen kädessä on vain muodollisuus. Sen ainut funktio on lämmetä hänen kädessään ja lopuksi hylättynä väljähtyä vain muutama huikka siitä nautittuna.

Kristan puhelin alkaa soimaan. Hän kaivaa kännykän laukustaan.

- No voi helvetti! nainen sanoo.

Krista menee takapihalle vastaamaan puheluun. Loppuseurue juttelee keskenään sillä aikaa. Hetken päästä Krista tulee sisään horjuen ja silmämeikit sotkuisena. Näyttää siltä, että hän on juuri itkenyt.

- Onko kaikki hyvin? Roosa kysyy.

- On on, mun pitää nyt kyllä mennä kotiin, Krista sanoo itkuisella äänellä.

- Onks kaikki nyt varmasti ihan hyvin? Miksi sä itket? Roosa kysyy huolestuneena.

- Mun täytyy nyt oikeesti mennä, ootte ihanii! Katotaan joskus.

- Millä sä menet? Jesse kysyy. - Asutko sä kaukana? Tilaanko mä taksin? Ettei sun tarvii tuolla pimeessä kävellä yksin, Jesse esittää sarjan kysymyksiä.

- No soita vaan, on tästä sen verran matkaa.

Krista pyyhkii kyyneleet silmistään ja yrittää ryhdistäytyä, mutta se ei onnistu. Hän tärisee ja hengittää nopeasti.

- Sähän saat paniikkikohtauksen! Jesse toteaa.

Jesse hakee keittiöstä pussin, johon hengittää, jotta Krista ei hyperventiloi. Kaikki on vähän hämillään, kun tunnelma on muuttunut täysin muutamassa minuutissa hauskasta ja leppoisasta kireään ja ahdistavaan. Jesse tietää kyllä paniikkihäiriön oireet varsin hyvin, hän kärsi niistä monta vuotta aikaisemmin. Ei auta kuin puhallella pussiin ja rauhoitella Kristaa. Jesse silittää kyykyssä olevaa Kristaa selästä ja hokee, 'ei mitään hätää' -lausetta.

Menee useita minuutteja, ja Krista alkaa rauhoittua.

- Olisko parempi, että rauhotut nyt vähän aikaa tässä ennen kuin menet mihinkään? Roosa kysyy.

- Ei kun pi... pitää mennä kotiin nyt, Krista sanoo änkyttäen.

- Okei, Jesse soitatko sä sen taksin? Ooksä Krista varma, ettet halua mua saattamaan sua? Roosa ehdottaa.

- Eiku pitää mennä yksin kotiin. Soittakaa vaan se taksi.

Jesse menee olohuoneeseen soittamaan Heinolle, että olisiko vielä ajossa. Krista näyttää pelokkaalta ja järkyttyneeltä. "Omituista, miten nopeasti voi meno muuttua muutamassa minuutissa", Jesse miettii.

- Taksi tulee kohta, Krista.

Krista kerää nopeasti tavaransa pöydältä, nappaa käsilaukkunsa ja menee eteiseen pukemaan takkia ja kenkiä. "Hän on todellakin jostain hermostunut, vai johtuuko se siitä spiidistä", Jesse miettii hieman itseään syyllistäen.

Vihdoin taksi tulee, ja Krista vilkuttaa eteisestä Jesselle ja Roosalle. Pave istuu kaljansa ääressä keittiössä, eikä tule sanomaan mitään Kristalle. Krista astuu ulos talosta ja menee taksiin. Pave ja Roosa menevät olohuoneeseen sohville istumaan, Jesse tulee perässä koneen ääreen. Hän laittaa Metallicaa soimaan netistä hiljaiselle.

Hän miettii hetken ja sanoo sitten:

- Miten mä oon näin sekaisin?!

- Mistähän mahtais johtua? Pave vastaa kysymyksellä takaisin.

- En mä tiiä, se puolikas vetonen tota meta-pohjasta pärähti ku leka päähän. Hyvä, ettei yrjö lentänyt.

- Mitä, meinasko tulla raja vastaan vai? Mä kun luulin, että sä oot joku super nisti!

- Hahaha! Jesse räkättää hetken ja vakavoituu sitten. - Tossa Krista-jutussa oli kyllä jotain hämärää. Ensin kaikki oli vitun jees ja yhtäkkiä se meni tollein. Kukahan sille soitti?

- Niin oli. En tiedä, mutta kotiin se halusi kovasti, Roosa vastaa.

- Tiedättekste missä se asuu? Jesse kysyy.

Pave ja Roosa ei tunnu tietävän.

- Miten te ette tiedä missä se edes asuu? Jesse kummastelee.

- No se on vaan käynyt pari kertaa meillä sen jälkeen, kun paikallisessa kuppilassa tutustuttiin, Pave yrittää selostaa Jesselle yrittäen saada sen kuulostamaan järkevältä.

- Siis onko se joku ihan uusi naama vai?

- Tavallaan joo, Pave vastaa. - Joku pari kuukautta sitten tutustuttiin siihen. Se tietää kyllä, miten nää hommat toimii.

- Mitkä hommat?

- En mä tiedä. En mä sanonu mitään, Pave korjaa.

- Sitähän minäkin, Jesse sanoo hieman tylysti.

Hän on huolissaan Kristasta, vaikka tänään vasta hänet tapasikin ensimmäistä kertaa. Jesse on hieman ihastunut häneen, ehkä vähän enemmänkin.

He juttelevat omiaan ja kuuntelevat musiikkia, kunnes tunnit venyvät aamuun ja Pave ja Roosa päättävät lähteä kotiin lepäämään pitkän päivän jälkeen.

Jesse rakentaa pesän sohvalle heti kun he ovat lähteneet ja ottaa pari rauhoittavaa pilleriä saadakseen unta. Jonkun ajan päästä hän vaipuu syvään uneen.

Jesse näkee omituisia unia. Se liittyy jotenkin Jonnaan, jota jotkut pahat ihmiset jahtaavat, ja Jonna huutaa apua. Avunhuudon keskeltä kuuluu piipitystä, se voimistuu koko ajan.

Jesse avaa silmät. Puhelin soi jossain! Hän nousee sohvapesästään ja kuuntelee missä päin hänen kännykkänsä oikein on. Kännykän soittoääni kuuluu vaatekasasta lattialla. Hän kaivaa nopeasti kännykän farkkujen taskusta ja vastaa katsomatta kuka soittaa.

- Haloo!
- No moi. Herätinkö?
Se on Jonna.
- Öööö... Vähän joo.
- Anteeks.

- Ei se mitään, mun piti muutenkin herätä aikasin.

- Nyt on yli puolipäivä. Ooksä juhlinut? Jonna kysäisee hieman vittumaiseen sävyyn.

- Itseasiassa Pave kävi Roosan kanssa eilen, Jesse vastaa rauhallisesti Jonnan äänensävystä huolimatta.

- Joo mä kuulin, että oli ollut musiikki vähän turhan lujalla yöllä. Naapuri soitti mulle, että saisiko äänentasoa vähän hiljemmalle. Kait se luuli, että mä asun tällä hetkellä siellä.

- Aijjaa, no miksei se käynyt oven takana sanomassa?

- No sehän pelkää sua! Ei se uskalla oven taakse tulla.

- Miks se mua pelkää? Jesse ihmettelee.

- No kun sulta oli tippunut se sun rakas pistoolis keskellä päivää maahan sillon kesällä. Ni mitä kuvittelet, että naapurit ajattelee! Mutta oli mulla ihan asiaakin.

- Noh, mitäs nyt? Jesse kysyy ja laittaa samalla puhelun kaiuttimelle, kun laittaa sukkia jalkaan.

- Nii tuli mieleen vaan, että muistitko sä että huomenna on se pankkipäivä.

- Öööö... Jesse yrittää muistella, mutta hänellä ei raksuta.

- Eli tehdään ne kämppäpaperit kuntoon.

- Aaaa, joo! Hyvä että muistutit.

- Kello kolmetoista reikä reikä, Jonna sanoo selkeästi.

- Oota mä kirjotan ylös.

Jesse ei löydä paperia mistään, mutta tussi on keittiön pöydällä. Jesse kirjoittaa käteensä 'Pankki 13.00' ja katsoo samalla Kristan numeroa kädessään.

- Muistatko nyt sen? Jonna kysyy.

- Ööö joo, mä kirjotin sen ylös.

- Hyvä. Kuis muuten?

- Mitäs tässä. Vähän sekavin fiiliksin, kun tulee näin paljon muutoksia pienessä ajassa. Pitäisi sitä kämppääkin etsiä.

- Nii, no mä annoin sulle vaihtoehdon, ja sä valitsit, että näin mennään.

- Niin no. Hei puhutaanko vaik sitten huomenna, mä just vasta heräsin, enkä nyt jaksais millään alkaa taas jänkkäämään sun kanssa.

- Ihan sama. Nähdään huomenna.

Puhelu päättyy. Jessen hermot alkoivat jo vähän kiristyä. Jonna tarkoitti vaihtoehdolla Jesseltä pyytämäänsä päätöstä valita piikki tai Jonna.

Selvästikin Jesse oli valinnut piikin Jonnan sijasta. "Jonna ansaitsee jonkun paremman miehen, mä vaan sössin aina kaiken", Jesse miettii.

Hän menee keittämään kahvia keittiöön. Hän katsoo jääkaappia, se on lähes tyhjä. Kaapissa on vain margariinipurkki ja yksi valmisateria. Jesse laittaa valmisaterian mikroon ja miettii samalla, että milloin viimeksi hän onkaan syönyt, mutta muistiin ei tule minkäänlaista hyvää ateriaa lähiajoilta.

Hän katsoo Kristan numeroa uudestaan kädessään. Tussin muste alkaa jo hieman haalistua. Paras tallentaa se ylös kännykkään. Tallentaessaan numeroa hän huomaa numeron alun olevan 046, eli prepaid-liittymä. Jesse miettii, että pitäisikö soittaa Kristalle ja kysyä onko kaikki hyvin? Kun hän lähti niin yllättäen pois ja siinä tilassa. "Kukahan hänelle soitti?" Jesse miettii, mutta ajattelee, että soittaa vaikka myöhemmin Kristalle, kunhan saisi ensin itsensä hereille.

"Pitäisikö pitää paastopäivä piristä", hän tuumaa. Jesselle on maistunut vähän liikaa amfetamiini nykyään. Se on hänen tapansa 'lääkitä' itseään. Jotkut tarttuvat viinapulloon ja jotkut syövät jäätelöä, mutta Jesse pitää amfetamiinia parempana ratkaisuna. Se pitää skarppina korvien välissä, eikä kiloja kerry kroppaan, vaan pysyy timmissä kunnossa.

Hän ahmaisee mikroaterian hujauksessa ja ottaa kupin kahvia.

Jessen taskussa on ryttyinen Camel-aski, jossa on enää muutama kippurainen savuke. Hän menee takapihalle kahvin kanssa, sytyttää savukkeen ja puhaltaa syvät savut syksyiseen ilmaan. Takapihalla on paljon puusta pudonneita lehtiä. Jesse miettii kuumeisesti Kristaa. Hän ottaa vielä savut Camelista ja päättää soittaa Kristan antamaan numeroon.

Se hälyttää tovin, ja sitten sieltä vastaa miehen ääni.

- Kuka siellä?

- Anteeks, soitinkohan mä oikeaan numeroon? Onko Krista siellä?

- Kukas sä oot? miesääni sanoo toisessa päässä.

- Jesse.

- Kuka vitun Jesse?! Turpa kiinni huora!

Taustalta kuuluu jonkun naispuolisen ääni.

- Mitä vittua? Jesse ähkäisee.
- Ooksä se Kristan hoito? mies kysyy.
- Annatko puhelimen Kristalle?
- Sori, se on nyt vähän kiinni jossain, ei se pääse nyt puhelimeen, Jesse vai kuka vittu sä nyt olitkaan.
- Jesse joo. No sanotko, että mä soitin ja pyydä sitä soittamaan mulle tähän numeroon, kun pystyy.
- Enpä taida. Noni moi!

Puhelu päättyy ennen kuin Jesse kerkeää sanoa mitään enempää. "Olipas vittu outo puhelu", hän ihmettelee. Kuuluiko sieltä taustalta Kristan puhetta? Onkohan sillä nyt kaikki hyvin? Jesse on huolissaan hänestä. Se mies kuulosti äkäiseltä.

"Ooksä se Kristan hoito?" hän miettii miehen sanoja. "Onkohan Krista varattu? Oliko tuo hänen miehensä? Ei kyllä kuulosta hyvältä." Jessen hälytyskellot alkavat soida. Hän miettii hetken asiaa. Taksikuski Heino saattaisi tietää mihin osoitteeseen Krista meni viime yönä.

Jesse soittaa heti Heinolle.

- Päivää!

- No moi Heino, häirittenkö? Jesse kysyy kohteliaana.

- Et, mä oon vapaalla tän päivän, että jos kyytiä oot vailla, ni soita keskukseen.

- Eiku mulla on yks ongelma, tai mä oon vaan huolestunut yhestä kaverista. Se ketä lähti täältä viime yönä.

- Jaajaa. Mitäs siitä? Heino ihmetellen kysäisee.

- Nii mun pitäis saada tietää missä se asuu. Asia on tärkee, Jesse painottaa Heinolle.

- Okei, kyllähän sä tiedät, että mulla on vaitiolovelvollisuus asiakkaista?

- Tiedän tiedän mutta nyt on vähän vissiin tilanne päällä.

- Okei. Miten mä voin auttaa siinä?

- Kertosit vaan, että mihin sä heitit sen.

- Jaahas. Onks asia siis niin tärkee? Heino kyselee vakavammalla äänellä.

- No mä soitin sille ja sieltä vastas joku äkäinen mies ja taustalta kuului vissiin Kristan ääni. Se oli tosi outo puhelu ja huolestuin siksi siitä.

- Okei… Noh… Tota se meni sinne yhden Kallen talolle, tiiäksä sen?

- En, Jesse tokaisee.

-     Siinä   Karhunkadun   ja Kuusistonkadun kulmassa oleva keltainen omakotitalo.

- Okei, kuka tää Kalle on? Jesse alkaa lypsää tietoa Heinolta.

- No se on sellanen punkkari, vai mitä ne nyt nykyään on. Sen lempinimi on Kalma. Sillä on aika hurja maine kylillä kuulemma.

- Okei, kiitti Heino. Mä käyn ehkä katsastaa sen talon.

- En kyllä suosittele, mutta tee mitä sun pitää tehdäkään. Ei kuulu mulle. Heino pesee kätensä koko jutusta.

- Joo, moro. Kattellaan. Jesse sai jo haluamansa tiedon, eikä välitä Heinon varoituksista.

- Juu, moi, Heino lopettaa puhelun. Kalma? Punkkari? Jesse ei ole kuullutkaan hänestä, vaikka tuntee suurimman osan kaupungin naamoista. "Täytyy varmaan käydä vilkasee se paikka tänään", hän tuumaa.

Ensin hän soittaa uudelleen Kristan numeroon. Kristan puhelin on nyt kiinni.

Jessellä on paha tunne tästä, joten hän päättää lähteä heti sinne keltaiselle talolle, jonne Krista viime tietojen mukaan on mennyt.

Jesse ottaa pistoolinsa keittiön kaapistossa olevasta salapaikasta ja patruunoita kahteen lippaaseen. Hän lipastaa lippaat patruunoilla ja valmistautuu lähtöön. Ovella hän miettii että "tähänkö tää nyt menee?", puhaltaa keuhkot tyhjäksi ja lähtee autolle.

Jesse löytää talon helposti Heinon ohjeiden mukaisesti. Keltainen omakotitalo Karhunkadun ja Kuusistonkadun kulmassa. Hän parkkeeraa autonsa tien sivuun niin, että näkee talon hyvin. "Sitten vain odotellaan, josko siellä olisi jotain liikettä", Jesse miettii päättäväisesti.

Menee muutama tunti ja sitten keltaisen talon pihalla näkyy liikennettä. Joku irokeesimies kävelee autoa kohti.

"Ei näytä punkkarilta, tai vähän. Ehkä enemmänkin rokkarilta", Jesse miettii. "Olisko tää kaveri se Kalma? Vois olla, ainakin se menee pihalla olevaan autoon, joten luulisi että hän on talon omistaja."

Mies ajaa pois tontilta ja kääntyy kaupungin keskustaa kohti. Hän ei huomaa Jesseä. Jesse osaa kyllä etsiä ihmisiä, joten hänellä on homma hallussa.

Nyt on tilaisuus tutkia taloa. Jesse poistuu autosta ja nappaa sorkkaraudan ja pistoolin mukaansa takin alle piiloon. Hän kävelee tien yli huomiota herättämättä ja tarkkailee taloa. Kaikissa sen ikkunoissa on verhot edessä. Jesse jatkaa tontin portille, vilkaisee kadun molempiin suuntiin ja sitten astelee etuovelle. Hän soittaa ovikelloa kaksi kertaa ja sitten kuuntelee ääniä talossa pistooli valmiina takintaskussa.

Hän soittaa uudelleen ovikelloa ja kuuntelee taas. Nyt sisältä kuuluu tömähdys ja kolinaa. Muuten on aivan hiljaista. Jesse päättää murtautua taloon, kaivaa sorkkaraudan esiin takkinsa alta ja murtaa oven. Vanha ovi räsähtää auki ja hän etenee taloon sisään.

Hänellä on sorkkarauta vasemmassa kädessä ja pistooli oikeassa. Jesse menee peremmälle varovaisena. Kämppä on aivan hiljainen.

- Krista! Krista! Ooksä täällä? Jesse huutaa.

Keittiössä on kuollut sekarotuinen koira lattialla. Se on ilmeisesti ammuttu. Jesse siirtyy olohuonetta kohti pistooli valmiina oikeassa kädessään. Krista näkyy maassa tuoliin sidottuna ilmastointiteippiä pään ympärillä. Ilmeisesti hän on ovikellon kuullessaan kaatanut itsensä lattialle, koska ei ole pystynyt huutamaan apua.

Jesse rientää auttamaan. Hän repii teipin Kristan pään ympäriltä.

- Jesse! Krista sanoo kovaan ääneen.

- Kiitos! Kiitos! Vie mut vittuun täältä!

- Joo! Lähetään menee, se voi tulla kohta takaisin!

Hän leikkaa veitsellä katki nippusiteet, joilla Krista on tuoliin sidottu. Jesse ja Krista nousevat ylös ja kävelevät ulos talosta kohti Jessen autoa. He hyppäävät autoon ja lähtevät rauhallisesti huomiota herättämättä pois kohti Jessen kämppää.

Kun he pääsevät Jessen asunnolle, hän huomaa naisen mustan silmän ja että Krista on selkeästi heikossa kunnossa.

Jesse avaa ulko-oven, ja he menevät sisään.

- Mitä vittua siellä oikein tapahtui? Jesse kysyy Kristalta.

Krista selittää murretun naisen äänellä samalla, kun Jesse pyyhkii hänen naamaansa pyyhkeellä veritahroista ja huomaa Kristan silmäkulmassa olevan haavan.

Ilmeisesti se öinen puhelu oli tullut Kalmalta. Hän oli vaatinut Kristaa tulemaan hänen kotiinsa. Krista on alivuokralaisena Kalman talossa yläkerran kämpässä. Kalma oli uhannut, että jos hän ei tulisi heti, hän tappaisi Kristan koiran. Se selittää kuolleen koiran Kalman keittiössä ja Kristan reaktion silloin aamuyöllä. Krista kertoo, että Kalma on pitänyt Kristaa omana naisenaan, vaikka tämä ei pidä paikkaansa. Krista jatkaa:

- Se on ihan seko jätkä. Se teki mulle paukun jossa oli jotain unilääkettä ilmeisesti, koska mulla pää pimeni vähän ajan päästä. Seuraavaksi mä olin tuoliin sidottuna, ja Kalma alkoi kuulustella.

- Voi vittu, mitä sitten tapahtui?

- Se alkoi kyselemään jotain sen rahojen perään. Joku 90 tuhatta euroa tai jotain. Mulla ei ollut mitään käsitystä mistä se puhui. Sitten se alkoi... se alkoi lyömään mua.

- 90 tuhatta euroa? Mistä sillä sellaisia rahoja on?

- No mä tiesin vaan, että kait se myi huumeita, ja aseitakin mä näin joskus, mutta se piti ihan matalaa profiilia sen suhteen. Kait se on joku rikollinen. Siitä se Kallen lempinimi Kalma on tullutkin. Huhujen mukaan se tappoi hyvän ystävänsä, koska se oli kusettanut sitä jotenkin. Sit se kyseli, että kenen kanssa mä olen ollut koko yön? Se on ihan hullu! Vittu mun naama! Vitun paskiainen! Krista vauhkoontuu.

- Mitä sä sitten sanoit?

- Koitin ensin valehdella, että yhden tyttökaverin kanssa vaan, mutta ei se uskonut. Se oli ihan raivoissaan ja löi mua lisää. Sitten mä sanoin, että okei olin yhdellä Jessellä.

Krista alkaa itkemään ja haukkoo happea liian tiheään. Jesse menee heti keittiön lääkekaapille ja etsii sieltä rauhoittavia Kristalle. Nainen on taas saamassa paniikkikohtauksen. Jesse löytää omaan käyttöön tarkoitetut 2 mg:n Rivatrilit.

Krista alkaa hyperventiloida. Jesse etsii muovipussin Kristalle ja käskee ottaa lääkkeen, niin kohta alkaa helpottaa, ja ties koska Krista on viimeksi nukkunut. Kristalla on selkeästi ollut traumaattinen yö. Jesse tuntee suurta tarvetta huolehtia hänestä.

Krista ottaa lääkkeen veden kanssa ja alkaa hengittää muovipussiin. Apteekin vihreä pussi rapisee sen täyttyessä ja tyhjentyessä tiiviiseen tahtiin. Jesse ajattelee Kalma Kallea, mikä paskiainen se tosiaan on! Jesse on yleensä kylmän rauhallinen, hän ei ole hermostuvaa tyyppiä, mutta tämä Kristan välikohtaus saa raivon pistelemään sormenpäissä ja korvannipukoissa.

Jesse rauhoittelee Kristaa.

- Hengitä ihan rauhallisesti, hän sanoo. - Ne lääkkeet auttaa hetken päästä, mutta hengitä vain pussiin niin kauan kuin siltä tuntuu.

Jonkun ajan päästä Krista alkaa rauhoittua ja kiittelee Jesseä pelastuksesta. Krista on hieman hämillään, miten Jesse löysi hänet.

- Miten sä osasit löytää mut? Krista kysyy.

- Mulla on keinoni. Mä olen joskus etsinyt ihmisiä eri tahoille.

Normaalisti Jesse ei sanoisi noita sanoja ääneen, mutta Krista tuntuu luotettavalta.

Krista kiittää vielä kaikesta ja sanoo että hänellä on hirveä nälkä. Jesse kysyy maistuisiko pizza, jos hän tilaisi ruokaa molemmille. Se käy Kristalle. Jesse soittaa heti pizzeriaan ja tilaa kaksi erilaista pitsaa. Kristan ruokavalio on ollut enimmäkseen nestemäistä pari päivää ja huumeita, joten ei mikään ihme, että on nälkä tällaisen yön jälkeen.

- Tää lääkehän käy päähän, alkaa helpottaa, Krista sanoo. - Onks mun naama pahan näköinen? Et kai sä suuttunut, että mä mainitsin sun nimen? Mulla ei ollut vaihtoehtoja!

- Ne on aika vahvoja joo. Kyllä sen näkee, että sua on pahoinpidelty, mutta oon mä pahempaakin nähnyt. En oo vihanen, ku ethän sä tiedä edes mun sukunimeä, vai tiedätkö?

- En! Sanoin vaan, että jonkun Jessen luona. Siitä se oli tosi mustasukkainen! Se oli pelottavaa! Oonhan mä turvassa täällä? Voinko mä olla täällä pari päivää? Mulla ei ole mitään paikkaa, mihin mennä missä olis turvallista.

- Okei. Kyllä sä olet turvassa täällä, mä pidän siitä huolen. Sulla ei ole mitään hätää enää. Oot varmaan tosi väsynyt? Voit nukkua yläkerrassa kunnon sängyssä.

- Se olis tosi kiva. Joo oon aika poikki. Vittu, miten paska päivä voi olla. Mä luulin sitä Kalmaa kaveriksi!

- Asialle pitäis ehkä tehdä jotain, vai mitä mieltä oot? Jessen mielessä pyörii vain kosto.

- En mä haluis lisää sotkua kenellekään, ehkä olis parempi mennä sukulaisille Keski-Suomeen jossain vaiheessa.

- Älä nyt vielä suunnittele liikaa. Mä selvittelen ja mietin vähän.

- Kiitos Jesse!

Tunnin päästä Krista alkaa nuokkua olohuoneen sohvalla. Sitten pitsakuski saapuu ja soittaa ovikelloa. Krista säpsähtää ovikellon ääntä. Jesse käy ovella hakemassa pitsat ja vie ne keittiön pöydälle.

He syövät vatsansa täyteen, tai Kristaan mahtuu vain vajaa puolikas pitsa. Hän on ilmeisesti syönyt erittäin vähän pitkään aikaan.

Syötyään hänen silmät alkavat lipsua.

- Nyt kelpaisi se sänky, mä oon tosi väsynyt. Voisisitko sä tulla mun viereen nukkumaan? Olisi turvallisempi olo, nainen sanoo hyvin uupuneena hieman vavisten.

- Jaa, eiköhän se onnistu.

Jesse ohjaa hänet yläkertaan makuuhuoneeseen, jossa on muhkea jenkkisänky, paljon tyynyjä ja iso pehmeä peitto, jonka he aikoinaan hommasivat Jonnan kanssa yhdessä. He molemmat riisuutuvat ja menevät peiton alle. Jesse makaa selällään ja asettaa pehmeän tyynyn mukavasti pään alle. Krista tulee Jessen kainaloon ja laittaa käden hänen ympärilleen.

Jesse miettii, että tämähän tuntuu ihan taivaalta rankan päivän jälkeen, tähän voisi tottua, kun on ollut yksin sen verran kauan. Jesse suutelee Kristaa otsalle, ja molemmat nukahtavat levolliseen uneen.

MAANANTAI

Jesse herää sateen ropinaan makuuhuoneen ikkunalla. Krista on edelleen tarrautunut häneen tiukasti. Jesse kääntää kylkeään ja halaa häntä. Hetken kaikki on täydellistä. Jesse avaa silmät hetken päästä ja näkee tussikirjoituksen kädessään haalistuneen puhelinnumeron vieressä. 'Pankki 13.00'.

"Ai saatana se pankkipäivä!" Jesse havahtuu.

Hän hivuttautuu hitaasti Kristan vierestä ja koettaa olla herättämättä häntä. Krista kääntää kylkeään toiselle puolelle ja äännähtää vähän unissaan. Jesse vetää farkut jalkaan ja paidan päälle. Hän menee alakertaan ja katsoo kelloa keittiön seinällä. Se on varttia vaille yksitoista, ei siis mitään kiirettä vielä. Hän laittaa kahvin tippumaan ja menee suihkuun.

Suihkussa hän ei saa mielestään Kalma Kallea. Hän miettii, että mitä sen asian suhteen pitäisi tehdä. Jesse on joskus ennenkin ottanut lain omiin käsiin, eikä Krista tuntuisi haluavan nostaa syytettä noin sekopäätä miestä vastaan, se varmaankin vain pahentaisi asioita. Joten jokin ratkaisu olisi keksittävä.

Jesse kuivaa itsensä pyyhkeellä ja menee keittiöön ottamaan kupin kahvia. Hänellä on raikas olo, ja tänään on tilipäivä, sillä Jonna aikoo ostaa Jessen pois talosta ottamalla Jessen loppulainan maksettavakseen ja täten saaden täyden omistusoikeuden asuntoon. Jesseä se ei juuri haittaa. Ehkä se olisi jonkun uuden alku, vaikka onhan tämä asunto hyvin mukava ja kotoisa.

Hän ottaa uuden Camel-askin kaapista ja painuu tupakalle takapihalle. Jesse polttaa aika epäsäännöllisesti. Mutta aamusavuke kahvin kanssa on hyvä tapa aloittaa päivä.

"Viime yö oli aika kiva nukkua lähellä Kristaa", hän miettii. Jesse on jo aivan lätkässä häneen. Kuukausien yksinäisyys katkesi tähän. Se tuntuu hyvältä.

Kristalla on ollut rankkaa aikaa juuri nyt, tai onhan hän elänyt ilmeisesti päihde-elämää ja tietää sen maailman. Eikä se aina ole niin kivaa. "Ongelmia tulee, ja kaikki eivät tosiaan selviä siitä elämästä, ellei tiedä sääntöjä", Jesse miettii polttaessaan savuketta.

Mutta entäs tämä Kalma Kalle? Se on varmaa, että Krista ei saa joutua enää hänen kynsiin, tai silloin ei tiedä mitä tapahtuu. Ja mihin Kalman oletetut 90 tuhatta on joutunut? Onko niitä edes olemassa, vai onko tämä jotain Kalman sairasta peliä. Tai mitä olisi jo tapahtunut, ellei Jesse olisi murtautunut Kalman taloon pelastamaan Kristan? Aika paljon mietittävää vielä. Jessen päässä pyörii monenmoisia ajatuksia kaikesta.

Jesse polttaa vielä toisen savukkeen ja miettii näitä asioita kovasti aamukahvia rauhassa hörppien. Yleensä hän on hyvä ongelmien ratkoja. Hänellä on yleensä tilanteeseen sopivat metodit selvittää vaarallisiakin tilanteita.

"Jaa, jos sitä laittaisi kauluspaidan pankkireissua varten", hän tuumaa. "Kravatti vai ilman? Mennään ilman kravattia, se olisi ehkä vähän yliampuvaa." Jesse haluaa näyttää hyvältä, kun näkee Jonnan siellä. On hyvä antaa hyvä kuva itsestään tai antaa sellainen mielikuva, että Jessellä menee hyvin ilman Jonnaa, vaikka pari viime kuukautta onkin mennyt vähän niin ja näin.

Hän palaa sisälle ja ottaa toisen kupin kahvia ja muutaman siivun eilistä pitsaa aamiaiseksi. Sitten hän kirjoittaa aamuterveiset Kristalle paperille keittiön pöydälle.

Siinä lukee: 'Huomenta! Ole kuin kotonasi, mun piti mennä pankkiin hoitamaan asioita. Tulen joskus ennen kolmea. Tuon jotain ruokaa mukanani, kaikki on hyvin', ja lopuksi muutama sydämen kuva ja hymiö. Sen luulisi piristävän vähän Kristaa, kun hän herää.

Jesse katsoo kelloa ja ajattelee lähteä hyvissä ajoin, sillä tämä on tärkeä päivä. Yksi osa elämästä päättyy ja jotain uutta alkaa. Kyllähän se rahakin kelpaa, kun on tullut vingutettua luottokorttia aika lailla.

Matkalla pankkiin hän on huomaavinaan sivupeileistä harmaan pakettiauton seuraavan Jesseä. Hänellä on tarkka silmä tällaisiin juttuihin, mutta päättää olla vainoilematta juuri nyt.

Hän saapuu pankin pihaan ja parkkeeraa auton parkkiruutuun. Ennen kuin hän sammuttaa auton, hän katsoo auton kelloa. Se on kaksikymmentä vailla yksi. "Kerkeää polttamaan tupakan ihan rauhassa", hän tuumaa.

Hän astuu ulos autostaan ja laittaa ovet lukkoon, sitten hän kaivaa tupakka-askin takkinsa taskusta ja sytyttää savukkeen. Jesse vetää syvät henkoset parkkipaikalla.

Ohi ajaa harmaa pakettiauto, jonka pimennossa oleva kuski katsoo Jesseä suoraan silmiin ja sitten se kiihdyttää pois.

Jesse miettii, että "mitä vittua tuo oli?" Sitten hän huomaa Jonnan saapuvan parkkipaikalla häntä kohti. Hänellä on jakkuhame ja korkkarit kopisten hän lähenee Jesseä. "Hän näyttää voivan hyvin", Jesse miettii.

Jonna tervehtii kädenheilautuksella.

- Moi! Vieläksä poltat vai? Eiks sun pitänyt lopettaa sillon joskus? Jonna kysyy.

- Satunnaisesti poltan. Pitää sitä jotain paheita olla, Jesse hymähtää perään.

- Nii, eihän sulla niitä ole vielä tarpeeksi.

- Taasko tää alkaa? Voidaanko nyt hoitaa tää juttu pois alta ihan sovussa? Mä en nyt jaksais mitään moraalisaarnaa.

- No ootpa sä herkässä. Juu hoidetaan vaan, ei mulla mitään ongelmaa ole. Onks sulla?

- Ei, Jesse tokaisee heti perään, nostaa leukaansa ja puhaltaa savua ilmaan.

- Eihän sulla ole ikinä.

Jesse heittää tupakan maahan ja astuu sen päälle. Jonna lähtee kävelemään pankin takaovea kohti, Jesse seuraa Jonnaa.

He menevät pankissa toiseen kerrokseen ja istuvat odotustilaan. Jonna kysyy hiljaisella äänellä:

- Et kai sä ole vetänyt mitään?

- En, kui?

- Ok, hyvä. Vaikutat vaan niin rentoutuneelta tai hyväntuuliselta.

- Ehkä mulla oli hyvät yöunet. Jesse hymyilee perään ja muistelee samalla, kuinka mukavaa olikaan nukkua Kristan vieressä.

- Ahaa. Onko sulla ollut jotain säpinää jonkun kanssa?

- Ehkä.

- Katokki että mun sängyssä ei ole mitään koppuralakanoita kuun alussa, kun muutan takasin! Mä oletinkin, että sulla on jotain säpinää, kun naapuri soitti musiikin volyymin tasosta.

- Älä ikinä oleta mitään.

Ovi aukeaa käytävällä, ja siististi pukeutunut mies mustassa puvussa kutsuu heitä sisään. Jesse ja Jonna menevät toimistoon ja istuvat alas tuoleille.

- Tervetuloa molemmille. Elikkä asuntoasioissa pitäisi teitä auttaa?

Koko tapaamisessa menee noin 45 minuuttia. Jesse ei saa Kristaa mielestään.

Lopuksi asiat selkenevät hyvin. Jonna ottaa lisää lainaa pankilta ja maksaa Jessen ulos talosta ja Jesse maksaa oman jäännösvelkansa pankille saman tien.

Jesselle jää 23 tuhatta euroa itselleen. Lopuksi nimet papereihin ja kättelyt virkailijan kanssa. Jessellä on hyvä mieli tästä. Rahat siirtyvät kuulemma hänen tililleen seuraavana päivänä.

Jonna ja Jesse poistuu toimistosta.

- Nonni, eihän se vaikeaa ollut, eihän? Jonna kysyy.

- Ei, se meni tosi hyvin.

- Mihis meinasit käyttää rahat?

- Viinaan ja huoriin tietenkin! Jesse naurahtaa. - Ei vaan aion muuttaa väliaikaisesti yhden kaverin kerrostalokaksioon ja ostaa huonekalut jne. Pitäis hoidella laskutkin pois. Saat pitää kaikki huonekalut, en mä mitään halua sieltä mukaan muistuttamaan tästä.

- Just. No mut sulla on nyt alle viikko aikaa järkkää asiat sille mallille, että mä tulen kuun alussa takaisin sinne.

- Joo onnistuu, älä huoli. Sitten vois alkaa uudet tuulet puhaltaa mulle.

Jonna katsoo vähän aikaa ihmeissään ja sanoo:

- Sähän otat tän hyvin! Oikea asenne. Mut mun pitää mennä takaisin duuniin. Moikka!

Jesse moikkaa takaisin ja lähtee kohti parkkipaikkaa leveä hymy naamallansa.

Päästessään autonsa luokse hänen hymynsä hyytyy. Hänen autoansa on töhritty spraymaalilla. Auton kyljessä lukee punaisella maalilla 'SIKA'. "Mitä vittua", Jesse miettii.

- SAATANA! Jesse ärähtää ja katselee ympärilleen, mutta ketään ei näy missään. - Vittu mun bemmi!

Jesse hyppää auton kyytiin pinna kireällä, starttaa auton ja lähtee renkaat vinkuen parkkipaikalta. Eräs vanhempi pariskunta jää katsomaan säikähtäneinä Jessen kiihdyttävää BMW:tä.

Hän käy kiinalaisessa ravintolassa hakemassa ruokaa kahdelle. "Krista on varmasti nälkäinen herätessään". Hän tilaa kaksi mureaa kana-ateriaa riisin kera. "Kuka nyt ei kanasta tykkäisi?" Jesse ajattelee.

Hän saa jonkin ajan päästä ruuat ja lähtee kotia kohti. Matkalla hän miettii, että kuka tietäisi mikä auto hänellä on? Ja kuka on tuhrinut sen maalilla. Liittyykö se siihen harmaaseen pakettiautoon, joka tuntui seuraavan häntä?

Jesse parkkeeraa auton pihatiellensä ja menee sisään asuntoon. Hän ottaa kengät pois ja sanoo kovaan ääneen:

- Kristaaa! Onks sul nälkä?! Mä toin ruokaa!

Kämpässä on hiljaista.

- KRISTAAA!

- Mä oon yläkerrassa! Krista vastaa Jessen huuteluihin.

Jesse kapuaa rappuset ylös makuuhuoneeseen.

- Älä kato mua! Mä oon niin ruma! Krista älähtää.

- Älä nyt! Näytä naamaas.

Jesse laittaa valot päälle makuuhuoneeseen, ja Krista piiloutuu peiton alle. Jesse menee hänen viereensä makaamaan.

- Näytä nyt mulle, ei se nyt niin paha voi olla ku luulet, hän sanoo naiselle hiljaisella äänellä.

Krista raottaa peittoa, jotta hänen kasvonsa näkyvät. Hän on kuin pandakarhu, jolla on naarmuja ja ruhjeita naamassa.

- On sulla silmä mustana ja naama vähän turvoksissa. Ei se nyt niin paha ole, hei.

- Eikö? Vitun Kalle!

- Niinpä. Onks sul nälkä? Mä toin kinkkiruokaa! Tuu.

- Okei, Krista sanoo hiljaisella äänellä.

Krista nousee sängystä ja seuraa Jesseä alakertaan keittiöön.

- Nousitko sä nyt vasta? Jesse kysyy.

- Eiku kävin mä alakerrassa vessassa ja näin naamani peilistä ja sun kivan lapun keittiön pöydällä.

- Aletaan syömään vaan. Mulla oli muuten tilipäivä tänään.

Krista ja Jesse syövät rauhassa ja keskustelevat Jessen pankkireissusta ja siitä, että joku tärveli hänen autonsa. Krista reagoi siihen.

- Oikeesti! Mitähän helvettiä?

- En mä tiedä. Näin mä jonkun harmaan pakettiauton ennen kuin menin pankkiin sisälle, musta tuntui, että se seurasi mua sinne.

- Seurasi?! Oisko se Kalle?!

- Älä nyt ala ressaamaan, ei olis pitänyt edes mainita koko asiasta. On mulla muutama vihamies tässä kylässä.

Siinä Jesse on oikeassa. Hän on luonut vihollisia, joten ei ole yllättynyt auton tärvelystä. "Vakuutus sen kuitenkin korvaa", hän miettii autonsa Kasko-vakuutusta.

- Okei... Hyvää ruokaa.

- Mieti ne kinkit lappaa tätä suuhunsa joillain tikuilla! Miten se on edes mahdollista? Jesse yrittää piristää Kristaa vitsillä. Krista alkaa nauraa, ja Jesse hymyilee hieman salaa.

- Ai vittu! Sattuu ku nauraa!

Jessen puhelin piippaa. Se on tekstiviesti Pavelta. Hän haluaa nähdä mahdollisimman pian tänään. Jesse käy keittiön kaapilla katsomassa onko piriä jäänyt viikonlopun jäljiltä. Siellä on minigrip-pussi, mikä on miltei täysin tyhjä.

- Pitäisikö hakea vähän alakertaa mun kaverilta lisää? Nyt on juhlistamisen hetki! Läheksä mukaan? Jesse kysyy Kristalta.

- En mä voi tän näköisenä mennä minnekään!

- Laita aurinkolasit, näytät ihan vitun coolilta kato!

- Älä naurata enempää, sattuu koko naamaan! Krista pitelee kasvojaan.

- Eli lähdet? Ota noi exän kärpäslasit. Ne peittää puolet naamasta, se on nykyään muodikasta vissiin.

- No okei, voin mä lähtee, mut mä istun autossa vaan.

- Ei se mitään. Mä sovin sen kanssa, että nähdään jossain yleisellä paikalla, okei? Syödään nyt loppuun ensin.

- Ok.

He syövät yhdessä ruokansa hiljaa. Krista tuntuu vieläkin olevan vähän järkyttynyt, mutta ihmeen hyvin hän käsittelee traumaattista kokemusta. Jesse huomaa, että Krista tykkää oikeasti hänen seurastaan.

Molemmat saavat syötyä kunnolla, ja Jesse kaivaa puhelimen esiin ja lähettää viestin kaverilleen Toikalle, hänen paikalliselle amfetamiinikauppiaalleen.

Hän kertoo koodilla viestissä tarvitsevansa viisi grammaa piriä piuhalle, eli luotolle. Ei mene kuin hetki, ja Toikalta tulee viesti että 'Suomi voitti! Torilla tavataan! 30 min.'

Torilla on siis tapaaminen Toikan kanssa puolen tunnin päästä.

- Lähetään kohta. Ota joku mun takki, siellä on aika kirpakka ilma ulkona, Jesse sanoo Kristalle.

He pukevat päälle ulkovaatteet ja lähtevät Jessen autolla kaupungin keskustaa kohti.

Autossa Jesse avautuu Kristalle.

- Tiesitkö että mä meinasin ampua itseni perjantain–lauantain välisenä yönä?

- Tä? Miksi? Krista on yllättynyt.

- Koska tuntui vaan niin tyhjältä kaiken eron jälkeen ja kaikkee, kait mä olin masentunut. Mutta sitten Pave soitti, ja se jäi siihen. Mulla oli jo pistooli ohimolla...

- Oikeesti?! Ei naisten takia kannata itteään tappaa. Miks sä kerrot tän nyt mulle?

- No sitten saman päivän iltana sä tulit kuvioihin, ja jotenkin mä unohdin koko eron ja kaiken muunkin paskan. Mun pointti on, että mä tykkään susta tosi paljon.

- Okei. Niin mäkin susta, mutta sun pitäis varmaan tietää jotain musta.

- Mä arvasin! Sä oot transu!

- Noni! Lopeta! Sitä paitsi toi on loukkaava sana.

- Onko noin? Jesse naureskelee itsekseen.

Krista jatkaa hieman häpeillen.

- Mä olen siis tehnyt escort-hommia jonkun aikaa, mutta lopetin just vähän aikaa sitten.

- Escort? Niinku seuralaispalvelua vai?

- Nii. Yhet venäläiset sai mut puhuttua siihen kolmisen vuotta sitten. En mä tiedä oliks ne jotain mafiaa olevinaan, mutta alamaailmassa ne tunnetaan kyllä kaikennäköisestä toiminnasta.

- Okei. Mitä tohon nyt sanois sitten. Eihän siinä mitään, jos sä olet lopettanut, vai ootko?

- Joo joku aika sitten. Mutta sitä ei niin vaan lopeteta, kun ne luulee omistavansa sut, joten mä karkasin. Vaihdoin nimeni ja löysin Kallen, ajattelin että se vois tarpeen tullen auttaa mua. Mutta nyt sekin on mun perässä.

Krista pyyhkii kyyneleen silmästään aurinkolasiensa takaa. Jesse on hieman ymmällään.

- Älä huoli, kaikki järjestyy kyllä, hän lupaa naiselle. - Haluuksä että mä autan sua jos tarvii?

- No joo, mä tykkään susta tosi paljon ja sun lähellä on turvallinen olo.

Jesse laittaa kätensä Kristan käden päälle samalla kun ajaa autoa. Krista kiittää Jesseä kaikesta.

He saapuvat kaupungin keskustaan ja ajavat torin parkkipaikalle. Jesse soittaa Toikalle. Puheluun vastataan ja Jesse sanoo:

- Moi! Mä oon jo täällä. Musta bemari parkissa.

- Oke, nyt on muutakin ku ilmastointi päällä, Toikka vastaa riimitellen.

Puhelu päättyy. Jesse ja Krista odottavat hiljaa autossa pari minuuttia. Sitten verkkapukuinen laiha mies kävelee ripein askelein heitä kohti ja katselee ympärilleen useasti. Jesse tuhahtaa huvittuneena. "Piriverkkarit päällä", Jesse miettii. Toikka avaa takaoven ja hyppää kyytiin.

- Moro, sori ku kesti!

- No moro, mitä Toikalle kuuluu?

- Ihan hyvää, mitäs ite? Toikka tuntuu olevan omissa tuotteissaan.

- Myin tänään kämppäni puolikkaan exälle, ni rahat on tilillä ylihuomenna vissiin. Onks sul se juttu mukana?

-Okei, okei… Vai semmosta, juu on täs messis se femma. Maksa vaikka, kun saat sitä pätäkkää.

Toikka kaivaa taskustaan nenäliinan näköisen paketin ja ojentaa sen etupenkille Jesselle. Liinan sisällä on minigrip-pussi, ja Toikka tiputtaa sen liinan välistä Jessen käsiin, jotta siihen ei tulisi Toikan sormenjälkiä. Hän on ollut alalla kauan. Toikka on alanmies.

- Tota, mä kuulin ihme juttuja tuolta alamaailmasta, Toikka sanoo Jesselle.

- Mitä sä oot kuullut?

- Tunneksä sitä yhtä Kalmaa kyliltä?

Krista jäykistyy kauhusta, kun kuulee Kallen nimen mainittavan.

- Oon mä joskus kuullut jotain, kui?

- No juttu kulkee tuolla, että joku Jesse on nussinut sen emäntää ja rottaillut pahasti. Kait jotain rahaakin oli hävinnyt tai jotain. Kuulostaako tutulta? Toikka kysyy käheällä äänellä.

- En mä tollasesta mitään tiedä. Meinaaksä että mä olisin jotain rottaillut?

- Kuhan sanoin ja mietin että mä en tunne ku yhden Jessen tällä kylällä, ni ajattelin mainita vaan, että et kai se sinä ollut?

Toikka vilkaisee etupenkille Kristaa ja katsoo sitten takaisin Jesseä.

- No en ole mihinkään sellaseen sekaantunut. Nyt on Jesset mennyt kyllä sekaisin.

- Niin mäkin vähän ajattelin. Sä oot luottojätkä. Mut mun pitää mennä taas. Ilmoiteleppa kun tarvii täyttää varastoja taas.

- Juu. Moro.

Toikka hyppää pois autosta ja kävelee pois. Krista alkaa hengittämään kuin olisi pidättänyt happea koko Toikan vierailun ajan. Hän alkaa hengittää taas raskaasti. Jesse rauhoittelee Kristaa.

- Ota nyt ihan rauhallisesti, Krista, hengitä hitaasti sisään ja ulos.

- Joo, yritän.

- Auttaisko spiidi tohon?

- Ehkä, anna mä otan sormella vähän.

Krista nuolaisee sormeaan ja upottaa sen vauhtisäkkiin, sitten hän hieroo jauheen ikeniinsä.

- Mä lähetän viestin Pavelle, että vartti
ni ollaan siinä, Jesse sanoo.
- Okei, vittu että ahdistaa, Krista
kiroilee.

Jesse ajaa Paven luokse ja parkkeeraa
auton. Krista on jo hieman rauhoittunut.
Jesse lähettää Pavelle viestin, jossa
lukee: 'Alhaalla'. Pavelta tulee viesti
takaisin, jossa lukee '5 min'.
Jesse ja Krista tulevat autosta ulos ja
menevät kerrostalon alaovelle
odottamaan Pavea. Jesse miettii Toikan
sanoja. Huhut ovat liikenteessä
näköjään, varmasti itse Kalman
laittamia. Kalma on Jessen perässä.
Pave tulee avaamaan oven.
- Mennään portaita, hissi on
epäkunnossa, Pave huomauttaa.
Hän vaikuttaa hätäiseltä. Kun he
pääsevät viidenteen kerrokseen, Jesse
huomaa, että Paven kämpän ovi on auki.
Se on selvästi murrettu.
- Mitäs vittua täällä on tapahtunut?
Jesse kysyy.
- Mennään keittiöön puhumaan.
He kaikki menevät keittiöön. Pave
alkaa puhua.

- Me oltiin Roosan kanssa sen sukulaisilla käymässä tästä aamusta ja tultiin takaisin joku pari tuntia sitten, ja kun tultiin kotiovelle ni se oli murrettu paskaksi. Kämppä oli ihan hajotettu ja kaikki elektroniikka oli viety. Ei täällä mitään muuta rahanarvoista ollutkaan. Mutta keittiön pöydälle oli jätetty terveiset paperille, anna mä luen sulle sen. 'Nyt sinä mokasit pahasti. Soita tähän numeroon, niin saat tietää paljonko olet velkaa meille.' Sitten siinä on prepaid-numero!

Jesse miettii hetken ja katsoo paperia itse. Sitten hän kysyy Pavelta:

- Ryssiä vai?

- Ilmeisesti, kuka muukaan voi sanoa, että nyt sinä mokasit pahasti!

- Nii. No ooksä soittanut tohon numeroon vielä?

- En ku mä halusin sun mielipiteen eka.

- Tän on pakko olla se lauantainen juttu, vai ootko sä tehnyt mitään muuta? Jesse kysyy tiukkaan sävyyn.

- No vittu en. Roosa kun näki kämpän ja tän paperin, ni se päätti heti lähteä evakkoon sukulaisille ja syytti mua tästä.

En mä kyllä yhtään ihmettele, eihän sen ole täällä turvallista olla…

- Hmmm… Se selittäisi sen tekstin mun auton kyljessä.

Pave on hämillään.

- Minkä?!

- No tänään kun kävin pankissa päivällä, niin sillä aikaa joku oli kirjottanut autoon 'sika' tai jotain.

- Sun bemmiin vai??

- Nii.

- Voi vittu mikä soppa tästä voi vielä syntyä! Pave manaa.

- No joo. Ihanku tässä ei olis muutenkin jo ongelmien alkua.

- Mitä sä meinaat?

- Mä selitän myöhemmin. Oisko nyt paras, että lähdetään kaikki mun luokse? Ni sun ei tarvii olla täällä veitsi kädessä koko yötä ja vainoilla. Mitä mieltä oot?

- Joo, ehkä se on parempi niin. Mä otan vaan vaihtovaatteet messiin…

Pave pakkaa lätkäkassia ja Jesse polttaa keittiössä hermosavukkeen. Krista on ollut kovin hiljainen. Hänen eloisa ja innostunut luonne ja olemus on tosiaan muuttunut tapahtumien myötä.

- Mikä olo Krista? Ooksä ihan ok? Jesse kysyy.

- Juu. Vähän jumittaa ja pelottaa.

- Mennään meille ja vedetään töpäkät spiidivedot, ni kyllä se siitä suttaantuu.

- Eiku mä mietin, että just puhuttiin niistä venäläisistä, ja nyt tuli tää juttu...

- Nii. Ei kait ne samoja voi olla? Voiko?

- Onhan se kait mahdollista, en mä tiiä...

Pave tulee lätkäkassin kanssa keittiöön ja ilmoittaa Jesselle, että on valmis. Sitten Jesse tumppaa savukkeen tuhkikseen, ottaa viestilapun keittiön pöydältä ja he lähtevät Jessen luo.

Matkalla Krista on aivan hiljainen, ja Pave sepittää jotain omiaan näistä ryssistä, mutta tämä kaikki menee vähän ohi Jesseltä. Hän miettii vain, että mitenköhän nopeasti tämä menee todella rumaksi. Ongelmia alkaa muodostumaan kuin itsestään kasaksi.

He saapuvat Jessen kämpille ja menevät sisään.

- SOHVA VARATTU! Pave huutaa.

Jesse hymähtää.

- Voiksä Krista väsää kolmelle nolla kolmosen vedot? Jesse sanoo naiselle.

- Joo, mä teen.

Krista ottaa suuret aurinkolasit pois päästään. Pave ihmettelee hetken ja kysyy sitten:

- Kolmelle? Mitä sä oikein meinasit Jesse?

- Nyt se on Pave niin, että säkin otat. Meidän pitää keskustella asioista nyt.

- Ei sulla olis mitään piilopottia mieluummin?

- Ei. Tajuuksä sun pitää olla nyt skarppina korvien välistä. Älä oo kuin ei tässä olis mitään hätää. Sustahan tää lähti, Jesse syyllistää Pavea.

- Ai minusta?! No okei tän kerran, mutta sitten kerrotte, miksi Kristalla on naama ihan turvoksissa ja lamppu tummana! Mitä täällä on oikein tapahtunut?

- Ensin vedot, sitten mä kerron koko jutun molemmille.

Krista annostelee piripussista jokaiselle 0.3 gramman vedot. Siinä ei turhan kauaa mene. Krista tietää kyllä kokemuksesta, miten se tehdään.

Krista saa ruiskut valmiiksi vartissa.

- Nää olis valmiita! hän ilmoittaa sitten.

- Okei, noni Paavo! Mennään kylppäriin!

Pave epäröi tuskastuneena hetken olohuoneen sohvalla ja nousee sitten.

- No vittu joo joo, tullaan!

He menevät kylpyhuoneeseen, ja Jesse käskee Pavea istumaan pöntölle. Sitten hän käskee nostamaan paidanhihan ylös. Pavella näkyy hyvin paksut suonet, onhan hän nostellut rautaa joskus.

- Kohta pistää, Jesse sanoo piikintuppi suussaan.

Jesse löytää nopeasti ison suonen ja painaa voimalla nesteen pumpusta Paven taipeeseen. Pave alkaa puuskuttaa, eihän hänellä ole minkäänlaisia toleransseja vauhtiin alkoholimiehenä.

- Noni! Nyt säkin oot virallisesti nisti! Jesse tokaisee ja hymyilee vienosti perään.

- Joo kiitti vitusti. Vaikka kyllä tää aika vitun hyvältä tuntuu kyllä. Joskus vuosia sitten vedin pari viivaa, mutta tää hihaanveto on näköjään ihan eri asia!

Seuraavaksi Jesse ja Krista vetävät vetonsa. Siinä ei kauaa nokka tuhise eikä ihmetellä sen enempää. Jesse sanoo, että tämä tavara taitaa olla samaa kuin mitä hänellä oli aiemmin. Sitten he siirtyvät keittiöön ja istuvat tuoleille.

Jesse kertoo Pavelle, miten Krista sai mustan silmän ja kertoo Kalmasta ja kuinka Jesse kävi hakemassa Kristan Kalman kämpiltä – koko tarinan, mikä Pavelta oli pimennossa.

Sitten Jesse kertoo Kristalle, miten Pave on joutunut liemeen joidenkin venäläisten kanssa hakatessaan venäläisen tuttunsa ja nyt Pavea kiristetään. Krista kuuntelee sujuvasti ja miettii hetken aikaa.

- Ketä se venäläinen sitten oli? hän kysyy lopulta. - Tiedäksä Pave sen nimeä?

- Joku Dimitri, eiks ne kaikki ole jotain Dimitrejä.

- Entäs sukunimi?

- Joku Sokru tai jotain…

- Sokratilin? Krista kysyy korkeammalla äänellä. Aivan kuin hän olisi tajunnut jotain.

- Niin tais olla, mistä sä tiesit?

- Oon ollut joskus tekemisissä niitten venäläisten kanssa. Se Sokratilin on tyyliin joku juoksupoika verrattuna näihin isompiin herroihin niissä kuvioissa. Kait ne luulee olevansa jotain mafiaa, Krista sanoo. Sitten hänen ilmeensä muuttuu hämmästyneeksi. - EI VITTU!

- Mitä? Jesse kysyy Kristalta.

- Se Sokratilin kävi joku pari viikkoa sitten Kalman luona ja ne kävi jotain asekauppaa, ja Kalma otti sen aseen sieltä missä se piti rahansa ja muutkin juttunsa, ja se Sokratilin näki sen! Se on pöllinyt ne rahat sieltä lattiakätköstä!

Jessestä tuntuu, että palaset alkavat loksahtamaan paikoilleen. Hän miettii, että "vittu että on pieni kylä, kun kaikki liittyy jotenkin toisiinsa". Hän miettii tarkkaan ja yrittää koota faktoja päässään. "Mitenköhän tätä tilannetta pitäisi alkaa purkamaan? Ryssille pitäisi soittaa vielä tänään, jotta saadaan selvyys, että missä mennään Paven tilanteessa", hän miettii. Entäs Kalma joka on Kristan perässä, mitä hänen kanssaan pitäisi tehdä?

Pave hikoilee kuin sika keittiön pöydän ääressä ja stressaa venäläisiä. Krista puhuu taas Paven päälle Kalmasta ja Sokratilistä. Jesse hiljentää kaikki sanomalla:

- Nyt vittu hiljaa!

Krista ja Pave tuijottavat Jesseä.

- Kuulitteko te jotain? Jesse kysyy heiltä.

Krista ja Pave ihmettelevät, mitä Jesse tarkoittaa ja katsovat toisiaan. Pave sanoo, ettei kuullut mitään. Jesse on hetken hiljaa ja kuuntelee.

'Kop kop kop...'

- Nyt! Koputtiko joku?

Krista sanoo, että hänkin kuuli sen.

- Tommonen hiljanen koputus... Onks joku ovella? Jesse miettii.

Eteisen suunnilta kuuluu uudestaan vaimeaa koputusta.

- Kyl joku on oven takana! Jesse sihahtaa. - Tähän aikaan? On aika myöhä. Krista mee yläkertaan piiloon, Pave... Istu sä vaan siinä. Mä käyn kattoo.

Kaikkien sydämet alkavat jyskyttää nopeammin, ikään kuin pieni paniikki iskisi heihin kaikkiin.

Krista kipittää portaat ylös makkariin. Jesse menee keittiön kaapistolle, jossa hän säilyttää pistooliaan hyllyn alaosan alla piilossa. Hän laittaa lippaan sisään ja lataa aseen. Pave näyttää säikähtäneeltä keittiössä.

- Tarviiksä jeesii? Pave kysyy Jesseltä.

Jesse vain näyttää sormea suunsa edessä ja sihisee. Pave on hiljaa. Jesse menee eteiseen hitaasti ja hiljaisesti sukkasillaan hiipien.

'Kop, kop, kop' kuuluu etuovelta taas. Jesse vilkaisee ovisilmästä. Ei näy mitään muuta kuin mustaa. Sitten oven takaa kuuluu vaimeasti:

- Kalle täällä. Avaa ovi niin jutellaan vähän.

- Kalma Kalle vai?

- Nii. Avaa ovi. Meidän pitää puhua.

- Onks sul ase? Mä tähtään sua vatsaan.

- On. Mä tähtään sua vittu päähän. Avaa ovi.

- En. Jos sä haluut jutella, niin pistä ase pois ja näyttäydy niin, että mä nään sut ovisilmästä.

- Ookoo. Laske säkin asees sit.

Jesse katsoo ovisilmästä, miten tumma hahmo hämärässä ottaa pari askelta taaksepäin ja näyttää laittavan jotain takkinsa sisään. Kalma nostaa kädet ilmaan.

- Okei. Mä avaan oven nyt, Jesse sanoo oven läpi.

Jesse laittaa aseen taskuunsa ja avaa oven hitaasti. Valo sisältä valaisee

Kalman. Hänellä on paksu musta pipo ja maiharitakki. Hänen vaatteensa ovat kaikki mustia, ja hänellä on sormikkaat kädessä. Aivan kuin hän olisi menossa keikalle.

- Sä oot vissiin Jesse? Kalma kysyy.

- Joo, sä oot kait sitten Kalma.

- Älä kutsu mua sillä typerällä nimellä. Sano mua Kalleks. Meidän pitäis jutella Kristasta. Onks se täällä?

- Ei. Mutta kyl mä olen jutellut sen kanssa, ja voidaan kyllä jutella siitä, jos oot nätisti.

Kalma katsoo vähän aikaa Jesseä tutkien.

- Joo. Ei mitää häsmäkkää. Voinks mä tulla sisään? Kalma pyytää kohteliaasti.

- No tule vaan. Jesse avaa ovea lisää ja näyttää kädellään peremmälle.

Ilmapiiri on hyvin jännittynyt. Kalma astuu sisään taloon. "Hänestä voi suorastaan aistia, ettei hän leiki", Jesse miettii. Mutta ei leiki Jessekään.

Kalma laittaa oven kiinni perässään, ottaa maiharit pois jaloistaan ja asettaa ne nätisti eteisen lattialle. Hän näyttää kovin kalpealta ja todella isolta mieheltä.

- Ooksä yksin vai? Kalma kysyy Jesseltä.

- Eiku yks lapsuuden kaveri Pave on tässä kans. Voitais itse asiassa jutella kaikki kolmistaan.

Kalma katsoo Pavea keittiössä ja nyökkää hänelle tervehtiäkseen vaatimattomasti. Kalma näyttää hyvin vakavalta ja pelottavalta.

Jesse tarjoaa istuinpaikkaa keittiön pöydän ääressä, johon Kalma istahtaa ja avaa maiharitakkiaan vähän. Maiharitakin alta näkyy aseen kahva. "Taitaa olla revolveri", Jesse miettii. Kalma huokaisee syvästi ja nojaa tuoliin ottaen rennon asennon. Hän vaikuttaa kovin rauhalliselta. Vähän liian rauhalliselta.

- Mistähän sitä aloittais? Siitä miten sä pelehdit Kristan kanssa vai siitä että sä murtauduit mun kotiin? Kalma tokaisee samalla suullaan maiskutellen.

Pave on aivan hiljaa ja tuijottaa Kalmaa pelästyneen näköisenä. Jesse katsoo Kalmaa hetken.

- Ensinnäkään mä en ole mitään pelehtinyt Kristan kanssa, Jesse aloittaa. - Se vaan oli juhlimassa täällä viime lauantai-iltaa. Ja joo, mä kävin hakemassa sen pois sieltä sun talosta, kun olin huolissani siitä.

Kalma tuijottaa Jesseä syvälle hänen sinisiin silmiin hieman tyhjän näköisesti.

- Mistä sä tiesit missä mä asun? Kalma kysyy Jesseltä.

- Mä nyt vaan osaan ettiä ihmisiä, jos tarvii, sanotaanko näin.

- Just. Mulla oli hommat vähän kesken siinä.

Jesse tuntee äkillisen vihan aallon sisällään, mutta pitää itsensä rauhallisena tilanteen keskellä.

- Joo, ilmeisesti. Sitä mä en voinut hyväksyä, Jesse sanoo vakaalla äänellä.

- Aaaa. Periaatteiden mies! Kertokse ämmä missä mun rahat on?

- Ei naisille tehdä noin. Ja joo periaatteessa kertoi, mutta se ei niitä ole vienyt. Sanooko sellanen nimi ku Sokratilin mitään sulle?

Kalman silmät pyöristyvät hieman ja hän vaikuttaa yllättyneeltä nimen kuulemisesta.

- Ehkä. Kui?

- Krista sanoi, että tää Dimitri Sokratilin oli tietoinen sun rahajemmapaikasta. Sanooko mitään? Minkälainen suhde sulla on siihen?

- Niin oli Kristakin tietoinen, kyl se on sen nähnyt.

- Joo mutta mä voin vakuuttaa, että Krista ei ole vienyt niitä sun rahoja. Mä takaan sen.

Kalma alkaa hymyillä.

- Se ämmä on näköjään saanut sut pauloihinsa hyvin! Vai että takaat Kristan? Mielenkiintoista.

- Onko sulla ollut ongelmia niitten ryssien kanssa?

- Kierojahan ne on ku korkkiruuvit! Kalma nauraa perään. - Ja ne pyrkii mun tonteille. Nyt vähään aikaan ei ole kuulunut mitään niistä. Jotain ne keulii aina välillä, mutta pientä yhteistyötä meillä on ollut pitkän aikaa. Meinaaksä oikeesti että ne kääntäis takkinsa mulle näin? Kalle katsoo kulmiensa alta odottaen vastausta Jesseltä.

- Siltä tää näyttäis mun kuuleman mukaan.

Kalma alkaa miettiä tosissaan. Hän murisee ja miettii kaikkea kuulemaansa.

- Mä vakuutan, ettei Krista niitä rahoja vienyt, Jesse jatkaa.

- Sä sanoit, että takaat Kristan?

- Mä takaan, että ei ole vienyt.

Kalma miettii edelleen ja hieroo partaansa.

Jesse kertoo Paven tilanteesta venäläisten kanssa, ja Kalma kuuntelee tarkkaan.

- Eli me kolme ollaan vähän niinku samalla puolella, jos ymmärrät? Jesse tokaisee lopuksi Kalmalle.

-Joo-o… Kyllä kyllä, Kalma vastaa hetken mietityttään. - Alkaa valjeta mullekin tää homma. Eli jos me lyötäis voimamme yhteen ja lähettäis ryssien perään yhdessä, niin me löydetään mun rahat ja kaikki saa mielenrauhan? Hä?

- No ilmeisesti näin. Luota muhun ku mä sanon, että en mäkään vielä viime perjantaina odottanut sekaantuvani tällaiseen juttuun. Mutta pitäähän tää hoitaa jotenkin, onko ideoita?

Kalma miettii jälleen.

-Saattaisi mulla olla pari ideaa, miten edetä, Kalma vastaa sitten. - Missäs Krista sitten on?

- Se on turvallisessa paikassa, josta vain mä tiedän.

- Aha. No lähettäkää niille ryssille viesti, että nähdään rautatieaseman parkkipaikalla. Mutta ensin hoidetaan Dimitri, ja sitten tavataan ne ryssät. Ja jos ei rahoja rupea löytymään, niin te ootte sitten kusessa. Kunnon kusessa.

Muista Jesse, sä takaat Kristan. Kai sä tiedät mitä takaus tarkoittaa? Kallen tummat kulmakarvat vääntyvät epäilevään asentoon.

- Tiedän tiedän. Mä takaan edelleen.

Kalma läimäyttää kädet pöydälle ja sanoo kovaan ääneen:

- Näin siis tehdään! Nyt mä vedän kamaa ja lähen valmistautumaan huomiseen! Teijän on paras olla kusettamatta mua... Otatteko te?

Jesse ja Pave katsovat toisiaan.

-Mitä sulla on? he kysyvät Kalmalta.

- Vitun stydii pirii.

- Voishan sitä maistaa.

Kalma kaivaa taskustaan piripussin, ja Jesse tarkastelee sitä. Se on kunnon kökkäremäistä rusehtavankeltaista tavaraa. Jesse katsoo sitä kuin kimaltavaa kultakimppua ja miettii, että tämä on varmaankin sitä 70-prosenttista, mistä Krista on puhunut.

Jesse ja Kalle väsäävät vedot keittiössä. Pave on edelleen vaiti pöydän ääressä. Kalle mittaa puntarilla 0.3 gramman vedon kuppiin ja sanoo Jesselle, että 0.1 grammaa riittää varmaan hänelle. Jesse mittaa 0.2 grammaa. Kalma vetää keittiössä vedon, vaikka Jesse tykkää, että vetojen veto kuuluu kylpyhuoneeseen. Jesse ei sano mitään ja vetää itsekin siinä.

Jesse työntää neulan kämmenselkänsä suoneen ja alkaa painaa mäntää. Hän pääsee puoleen väliin ja alkaa puuskuttaa. Hän odottaa hetken ja painaa loppuun rohkeasti.

Hän saa aivan uskomattoman pärähdyksen siitä! Hänen sydämensä alkaa laukata ihan hulluna.

- Voi vittu mä sanon! Huhhuh!

Kalle vetää seuraavaksi ja painaa hitaasti koko litkun sisäänsä. Hänkin alkaa puuskuttaa ja karjaisee kuin karhu samalla.

- AAAARRGGHH! Vittu JOO! Kyllä!

Kalma odottaa hetken ja mittaa vielä gramman kuppiin ja sanoo Jesselle, että tällä te pärjäätte huomiseen varmaan. Jesse kiittää Kallea.

Kalle sanoo lähtiessään:

- Huomenna sitten hoidetaan tää juttu. Olkaa täällä huomenna, ni mä tulen hakemaan teidät sitten joskus päivällä. Nyt pitää mennä valmistautumaan huomiseen. Jos tulee jotain, niin mut saa kiinni tästä numerosta.

Samalla hän antaa puhelinnumeronsa Jesselle, sitten hän poistuu, ja ovi sulkeutuu perässä.

Jesse huokaisee ja menee heti yläkertaan makuuhuoneeseen katsomaan Kristaa. Hän avaa pimeän makuuhuoneen oven ja huomaa Kristan sängyn takana nurkassa istumassa.

- Joko Kalle lähti pois? Krista kysyy kauhuissaan.

- Joo. Mutta meidän pitää tehdä yhteistyötä sen kanssa. Se uskoi mua, että sä et ole täällä enää.

Krista tärisee pelosta, joten Jesse rauhoittaa häntä.

- Ei mitään hätää, Krista. Me hoidetaan asiat kuntoon. Täällä sä olet kyllä turvassa.

Krista nostaa katseensa Jesseen ja sanoo hätääntyneenä:

- No ei siltä tunnu! Mun on lähdettävä pois täältä.

- Ethän sä voi, kun mä takasin sut just Kallelle. Pitää ensin hoitaa pari juttua. Sä olet nyt mun vastuulla. Mutta ei mitään hätää, huomenna asiat järjestyy, usko mua.

Krista alkaa itkeä.

- En mä halua teille mitään pahaa! Eiks se olis parempi, jos mä vaan häipyisin? Krista sopertaa.

- Tässä ollaan nyt kaikki samassa veneessä. Kalle kyllä uskoi mua kun takasin sut. Enää huominen ja sitten asia on selvä, Jesse toistaa.

Krista alkaa rauhoittua Jessen vakuuttelusta. Jesse ottaa Kristaa kädestä kiinni, nostaa hänet nurkasta ylös ja halaa häntä. Jesse silittää Kristan päätä ja kuiskaa että kaikki järjestyy, vaikka hän tietää, että huomisesta tulee rankka päivä.

- Mennään alakertaan, ei mitään hätää, Jesse sanoo ja ottaa Kristaa kädestä kiinni, ja he siirtyvät alas.

Jesse katsoo kelloa. Se on viittä vaille keskiyö.

- Mitä vittua meidän pitää tehdä? Luotatko sä tohon Kalleen? Pave epäillen kyselee.

- Pakkohan se on, Jesse vastaa. - Me tehään just niin kuin se sanoo. Ensin etsitään se Dimitri ja kaivetaan vaikka väkisin ne rahat siltä. Niiden muiden venäläisten kanssa toimitaan niinku Kalle haluaa. Ei oo muuta keinoa.

TIISTAI

Kello hyppää keskiyön yli, ja he kaikki kokoontuvat Jessen olohuoneen sohvalle mietteliäänä. Jessen mielestä koko homma alkaa tuntua aivan absurdilta. Pave on hätääntynyt, ja Krista on jonkinnäköisessä selviytymistilassa.

Jesse sanoo Kristalle, että keittiössä on spiidiä, jos hän haluaa ottaa, joten Krista menee väsäämään vetoja keittiöön.

Jesse ilmoittaa, että menee tupakalle takapihalle. Hänellä on paljon mielen päällä. Ulko-ovella Jesse käskee Pavea lähettämään viestin siihen prepaid-numeroon, joka oli jätetty tämän kämpälle.

- Kirjoita siihen, että tavataan kello 16 juna-aseman parkkipaikalla.

Sitten hän menee ulos. Ulkona on synkkää, ja Jesse tuumailee, että mihinköhän tämä kaikki oikein johtaa? "Kristaa täytyy puolustaa. Pavea täytyy auttaa. Kunhan ei menisi liian rankaksi koko homma." Jessen päähän tulee outo ajatus, että yllättäisi Dimitrin tänä yönä. "Pave varmaan tietää, missä hän majailee. Sitten huomenna tarvitsee enää hoitaa ne muut venäläiset, jotka Pavea ahdistee. Kuulostaa ihan suunnitelmalta!"

Jesse vetäisee vielä sauhut tupakasta ja palaa sisälle. Pave jumittaa sohvalla kuunnellen musiikkia läppäriltä, mutta missä Krista on? Jesse kysyy Pavelta, missä Krista on? Pave vastaa, ettei tiedä. Jesse menee vessaan katsomaan, ja mitä hän näkeekään siellä. Krista on sammunut vedon jälkeen pöntön päälle ja nojaa seinään. Lattialla on verinen värkki.

- Voi saatana! Voi vitun vitun vittu! Jesse kiroaa kovaan ääneen.

Pave kysyy olohuoneesta mitä siellä tapahtuu, kun Jesse niin kiroilee vessassa.

- Mitä nyt?

- Vittu se on vetänyt överit! Tuu auttamaan! Jesse huutaa Pavelle hädissään.

Pave rymistää vessan ovelle katsomaan.

- Älä nyt siinä seiso saatana! Auta! Jesse sanoo komentavaan ääneen.

Jesse tarkastaa hengittääkö Krista. Kyllä hengittää, mutta hänen otsallansa voisi paistaa kananmunan.

- Noh, onks se hengissä? Pave kysyy.

- Joo! Siirretään se sohvalle täältä. Ota sä jaloista kiinni! Jesse vastaa kiihtyneenä.

Pave tarttuu Kristan jaloista ja Jesse kainaloiden alta. He kantavat hänet olohuoneen sohvalle ja laittavat kylkiasentoon. Jesse asettaa sohvatyynyn Kristan pään alle, jotta hän saa hengitettyä kunnolla. Tehtyään tämän Jesse tarkistaa vielä, että Krista hengittää.

- Noh, kyllä se hengittää, vielä. Paljonkohan se veti? Jesse tuumailee ääneen. - Etkö sä saatanan läskipää kattonu yhtään mitä se teki!? Jesse raivoaa Pavelle.

- No vitustako minä tiedän noista jutuista! En mä sitä halunnut alun perinkään! Pave vastaa Jessen syyttelyyn.

Jesse huokaisee syvästi.

- No tässä sitä nyt ollaan kuitenkin, hän toteaa.

Samalla hetkellä, kun Jesse lopettaa puhumisen, Krista äännähtää sohvalla kuin näkisi painajaista. Jesse yrittää rauhoittua ja järkeillä asiaa. Hän miettii, että tuskin Krista on hengenvaarassa.

Onhan Jessekin ottanut yliannostuksia joskus ja muistelee että se menee ohi noin kuudessa tunnissa.

- Okei okei. Ei tässä ole mitään hätää, hän sanoo Pavelle. - Se vaan toivottavasti nukkuu sen yli. Ei me tänne mitään lanssejakaan voida soittaa, häh? Vai sitäkö sä haluat?

Pave kuuntelee tarkasti Jesseä ja heiluttaa päätään sivuille kieltävästi vastaten.

- Sitähän minäkin. Kyllä se siitä tokenee, antaa sen nukkua. Sori ku huusin sulle, säikähdin vaan. Paljonko kello on? Jesse kysyy.

Pave katsoo rannekelloaan ja näyttää sitä Jesselle hieman kalpeana. Se näyttää olevan puoli kaksi yöllä.

- Okei, eli meillä on hyvin aikaa. Nyt annetaan Kristan olla tossa, ja arvaa sitten mitä Paavo? Jesse suunnittelee ääneen. Paavo kohauttaa olkapäitään.

- Sitten me mennään käymään siellä sun ongelman luona. Kai sä tiedät missä se asuu? Eiköhän se ole jo kotiutunut sairaalasta, kun on pistänyt porukkaa sun peräänkin jo, Jesse ilmoittaa.

Jessen naamalle muodostuu Pavelle uusi ilme. Sellainen ilkeä ja pahansuopa.

Pave hieman oudoksuu tätä uutta ilmettä ja alkaa miettiä, että onko Jessellä jokin alkuperäisestä poikkeava suunnitelma?

Jesse jatkaa puhumista ja kävelee samalla keittiön puolelle. Pave seuraa häntä kuin koiranpentu.

- Näytä missä se asuu. Piirrä tohon paperille.

Pave kirjoittaen sekä piirtäen näyttää, missä hänen vanha kaverinsa Dimitri asuu.

- Noin! Ok, sitten vaihdetaan kännykät putseihin luureihin. Onneksi mulla sattuu olemaan sellaiset jemmassa. Mul on pari prepaid-liittymääkin lipaston laatikossa olohuoneessa. Käy hakemassa ne, Jesse ohjeistaa Pavea omituinen virne vieläkin kasvoillaan.

Pave hakee liittymät sillä aikaa, kun Jesse ottaa vanhan mallin kännykät jemmastaan keittiön hyllyn alta.

Seuraavan tunnin ajan Pave ja Jesse lataavat puhtaita kännyköitään ja asentavat prepaid-liittymät niihin. Lisäksi Jesse kaivaa kommandopipot ja siniset haalarit molemmille autotallistaan. Pave seuraa vieressä amfetamiinihöyryissään Jessen valmistelua johonkin ja alkaa aavistaa, että koko homma alkaa muodostua hyvin epämukavaksi tilanteeksi.

- Vaihda noi vaatteet päälle. Kohta lähetään, Jesse sanoo Pavelle ja heittää haalarit hänen syliinsä.

Pave tekee, kuten Jesse ohjeistaa. Hänellä ei ole vaihtoehtoja. Lisäksi hän luottaa Jesseen. Eihän Jesse ole ikinä pettänyt häntä, ja hän on auttanut Pavea niin kauan kuin hän muistaa. Joten paras tehdä, kuten Jesse parhaaksi näkee.

Jesse on ollut hiljainen jo tovin. Mietteliäänä hänkin vaihtaa vaatteet ja käärii kolmireikäisen kommandopiponsa rullalle päähänsä.

Jesse on nyt valmis toimimaan.

Hän huitaisee Pavelle kädellään merkiksi, että nyt on lähtö. Jesse vilkaisee vielä kerran Kristaa, varmistaa kädellään, että hän hengittää ja peittelee naisen viltillä. Jesse nappaa mukaansa vielä Kallen jättämän piripussin, muutamat piikitysvälineet sekä pistoolin, ja sitten he poistuvat talosta.

He astuvat Jessen bemariin. Jesse käynnistää auton. Samalla hän katsoo auton kelloa. Se näyttää puoli neljää aamuyöllä. Suden hetki, kuten sanotaan. Jesse miettii, että juuri sopiva aika toteuttaa tämä suunnitelma. Jessen pää on pirihöyryissä, ja hänet valtaa jälleen rikollinen mieli.

He ajavat läpi kostean syksyisen kaupungin. Pave ohjeistaa etupenkiltä, minne pitää ajaa. Jesse pysyy vaitonaisena suunnitelmastaan. Hän tietää kyllä minne ajaa. Hän tietää tasan tarkkaan, mihin on ryhtymässä.

Pave kysyy matkalla Jesseltä, että mikä on suunnitelma. Jesse vain virnuilee oudolla tavalla lasittunut katse tiessä. Pave kysyy uudelleen:

- Voitko nyt sanoa mitä me oikeen tehdään?

Jesse havahtuu vihdoin Paven kysymykseen.

- Seuraa vaan mua. Oot taustatukena. Kohta tää on ohi.

Pave päättää olla kyselemättä liikaa ja tehdä kuten Jesse sanoo.

Jesse ja Pave saapuvat oikealle kadulle. Jesse pysäyttää auton parkkiin ja sammuttaa sen moottorin.

- Onks se toi talo? hän kysyy Pavelta ja osoittaa noin viidenkymmenen metrin päässä olevaa omakotitaloa.

- Joo just se, Pave vastaa ja lipoo hermostuneena kielellänsä huuliaan.

Talossa ei näytä olevan ainakaan valoja päällä, joten Jesse olettaa, että tämä Dimitri on nukkumassa, jos hän ylipäätään on kotona.

- Mitä nyt tehdään? Pave kysyy Jesseltä.

- Odotellaan.

He istuvat autossa ja seuraavat ympäristöään ja taloa jonkin aikaa. Jesse ei halua hätiköidä. Kun kaikki näyttää hyvältä, Jesse käynnistää auton ja ajaa hitaasti talon portille, sammuttaa auton ja sanoo Pavelle lähes kuiskien:

- Nyt. Ota sorkkarauta sieltä jalkatilasta.

He vetävät pipot päähänsä ja laittavat sormikkaat käsiinsä. Sitten he tulevat ulos autosta koleaan yöhön. Jesse kävelee hiljaisesti etuovelle, Pave seuraa häntä. Pihavalokaan ei ole päällä, joten he ovat yön suojissa.

Jesse kuuntelee hetken ovella, kuuluuko talosta ääniä, kuten teki Kallenkin talolla.

- Ok. Avaa ovi, hän toteaa Pavelle kuiskien ja kaivaa pistoolin taskustaan.

Adrenaliini yhdistettynä amfetamiinin vaikutukseen saa heidän verensä juoksemaan ja sydämen hakkaamaan jännityksestä. Pave rusauttaa oven auki kahdesta kohdasta, ja he syöksyvät sisään Jesse pistoolin kanssa edellä.

Kadulla koiraa ulkoiluttava nainen kävelee hetken päästä talon ohi, jonka portille Jessen auto on parkkeerattu. Hän joutuu hieman kiertämään autoa, joka on osaksi kävelytiellä, tietämättä mitä naapurustossa tapahtuu. Hän kävelee ohi ja häviää seuraavan korttelin kulman taakse.

Menee noin 15 minuuttia, ja Jesse ja Pave tulevat ulos talosta mukanaan mies muovipussi päässään ja kädet nippusiteillä selän taakse sidottuina. Jesse pitää asetta hänen selkäänsä painettuna. He pitävät molemmin puolin häntä käsistä kiinni ja ohjaavat autolle. Pavella on kassillinen tavaraa toisessa kädessä. He avaavat peräkontin, katselevat ympärilleen ja heittävät miehen auton uumeniin. Sitten he menevät rivakasti autoon ja ajavat pois hitaasti.

Jesse ja Pave ovat hengästyneitä ja adrenaliineissa tapahtuneesta. Jesse on hyvin tyytyväinen Paven suoritukseen. He ottavat pipot pois päästä ja ajavat huomiota herättämättä sivuteiden kautta kohti Jessen vuokraamaa autotallia.

Jessen mieli on saanut rikollisen suunnan. Hän alkaa taas virnuilla oudosti samalla, kun hän ajaa autoa. Pave katsoo etupenkillä Jesseä hetken.

-Tota. Mi.. mitä nyt tapahtuu? Pave kysyy hieman änkyttäen.

Jesse katsoo Pavea.

- Mennään mun tallille, ja sitten me vähän kysellään tältä Dimiltä pari kysymystä, Jesse vastaa. Jessen virne muistuttaa kobran hymyä. Pave näyttää hyvin ahdistuneelta.

- Älä huoli. Säkin pääset pitää vielä hauskaa, Jesse vihjailee Pavelle tulevasta.

Tämä ei innostuta Pavea ollenkaan, päinvastoin. Hän haluaisi vain päästä kotiinsa. Mutta hän tietää, että tämä sotku pitää selvittää, joten hän tottelee Jesseä. Radiosta tulee heavy rockia. Jesse laittaa musiikkia lujemmalle ja laulaa matalalla örinä-äänellä kappaleen mukana.

- Kesytä perkeleeeet!

Jesse nauraa kovaa perään. Syksyinen aamuyö saa jokseenkin mielenvikaisen tunnelman molempien päässä.

Pavekin liittyy Jessen kuoroon kertosäkeiden kohdalla, ja he molemmat nauravat aina perään. Jesse miettii jo seuraavia pirivetoja, jotta jaksavat läpi aamuyön päivään saakka, jolloin Kallen on tarkoitus tulla mukaan.

Jesse katsoo Paven sylissä olevaa kassia, jonka hän otti Dimitrin luota. Jesse päättää kysyä siitä.

- Mitä siinä kassissa on?

Pave hieman säpsähtää ja hänen katseensa alkaa harhailla.

- No? Mitä sä otit mukaan sieltä? Jesse jatkaa kyselyä.

- Sen läppärin, Pave vastaa hiljaisella äänellä.

- Ok. Hyvin ajateltu.

He saapuvat teollisuusalueelle. Jesse ajaa hitaasti alueen läpi. Sitten hän peruuttaa erään nosto-oven eteen ja sammuttaa autonsa. Hän katsoo Pavea etupenkillä.

- Tästä eteenpäin ei kutsuta toisiamme meidän oikeilla nimillä, Jesse painottaa kaverilleen.

Pave nyökkää jännittyneenä.

- Odota auton perällä. Mä käyn avaamassa oven, Jesse sanoo.

He nousevat autosta ja katselevat ympärilleen. Sitten Pave kävelee auton taakse, ja Jesse menee rakennuksen sivuovesta sisään. Menee tovi, ja sitten Jesse avaa nosto-oven autotalliin. Hän kävelee takaluukulle, rullaa kommandopiponsa naaman eteen ja avaa takakontin samalla ympärilleen vilkuillen. Pave tulee myös luukulle, ja he nostavat Dimitrin ulos kontista ja vievät hänet kainaloista kantaen molemmin puolin autotalliin sisään. Pave sulkee nosto-oven perässään kytkimestä. Jesse istuttaa Dimitrin tuolille ja sitoo hänet nippusiteillä tuoliin. Ensin kädet selän taakse tuolin runkoon. Sitten Jesse alkaa sitoa hänen jalkojaan tuoliin kiinni. Dimitri yrittää mutista jotain, jonka seurauksena Jesse käskyttää:
- Turpa kiinni!
Pave katselee varastoa ympärillään. Siellä on jonkinlaisia rakennustarpeita, kuten maalattuja lautoja kasoissa ja paljon työkaluja sekä auto pressun alla. Paven silmään kuitenkin pistää pahvilaatikot kasassa auton vieressä seinustalla, ja hän ajattelee, että siellä on varmaan viinaa. Paven viinahammasta kolottaa. Hän haluaisi

vetäistä kunnon kännit ja unohtaa koko sopan edes hetkeksi, joten hän kysyy Jesseltä, että onko laatikoissa kenties viinapulloja.

- Joo, vodkaa, Jesse vastaa ja ottaa muovipussin samalla Dimitrin päästä. Sitten Jesse vetää teippiä hänen päänsä ympäri suun eteen, ettei Dimitri pidä ääntä. - No niin! Jesse sanoo ja jättää Dimitrin odottamaan sidottuna tuoliin.

Jesse siirtyy vanhan baaritiskin luo ja kaivaa piripussin esiin taskustaan aikomuksenaan väsätä vedot heille.

- Teenkö mä vedot sullekin? Jesse kysyy Pavelta.

Pave epäröi hetken.

- No joo, joku mieto, hän lopulta vastaa.

Jesse hymähtää ja alkaa tehdä vetoja heille molemmille, sekä vähän vahvemman vedon Dimitrille. Jesse ajattelee murtaa hänen psyykensä amfetamiinilla ja toivoo saavansa vastauksia kysymyksiin siten.

Menee jonkin aikaa, ja sitten Jesse vislaa Pavelle merkiksi siitä, että on aika vetää amfetamiinia. Pave ottaa takin pois ja nostaa paitansa hihaa kuin hoitajan vastaanotolla, jotta käden taive näkyy.

Sitten Jesse piikittää Pavea hyvin näkyvään suoneen erittäin määrätietoisesti. Hän painaa myrkyn pumpusta voimalla Paven verenkiertoon, ja muutaman sekunnin päästä Pavella pärähtää päässä lujaa.

- Vitun hullu! Paljonko siinä oikeen oli?! Pave kysyy kovaan ääneen.

Jesse vain virnuilee leveä hymy kasvoillaan ja vastaa että 'tarpeeksi'. Pave alkaa mölistä, pudistaa päätään ja menee tutkimaan viinalaatikoita tallin seinustalla. Hän käyttää suomalaisia voimasanoja hiljaa itsekseen mölisten ja ryhtyy avaamaan päällimmäistä viinalaatikkoa. Jesse seuraa sivusilmällä Pavea ja päättää lepytellä häntä.

- Älä nyt leikistä suutu! Ota sieltä yksi pullo vaan, jos on jano, ja tuo se tänne mukanasi.

Pave ottaa vodkapullon laatikosta. Hän korkkaa saman tien sen ja ottaa pitkän huikan. Vodka polttaa Paven kurkkua, ja hän älähtää huikan perään samalla, kun pyyhkii suupielensä. Sitten hän vie pullon baaritiskille. Jesse ottaa myös hörpyn ja vetää vetonsa heti perään kämmenselkänsä tuttuun verisuoneen.

Jesse huomaa tässä vaiheessa, että tuli tehneeksi aika vahvat vedot samalla, kun Kallen antama 70-prosenttinen amfetamiini syöksyy hänen aivojensa verisuoniin kuin tsunamiaalto.

- Oho! Olipas töpäkkä veto. Huhhuh! Jesse sanoo hieman hämmentyneenä ja pärisyttää naamaansa niin että posket heiluvat. Ilma alkaa rakeilemaan.

Jesse katsoo kulmiensa alta Dimiä tuolissaan ja ajattelee, että Dimi saa kohta elämänsä vedot, jos hän ei ala puhua. Jesse kävelee Dimin tuolin eteen ja tarttuu miestä tukasta kiinni ja nostaa hänen katseensa ylös kohti Jessen toisessa kädessä olevaa ruiskua. Dimin silmät pyöristyvät, kun hän näkee ruiskun Jessen kädessä.

- Missä Kallen rahat on? Jesse kysyy tyynellä äänellä.

Dimi vain tuijottaa ruiskua peloissaan.

- Missä ne vitun rahat on?! HÄ?! Jesse toistaa kovempaan ääneen ja läpsäisee avokämmenellä Dimiä naamaan napakasti.

Dimi pyörittää päätään ja yrittää huutaa, mutta paksu teippikerrros pään ympärillä estää häntä saamasta ääntä pihalle. Jesse helähtää nauruun räkäisesti ja sanoo Dimille seuraavaksi rauhallisemmalla äänellä:

- Nyt sä kuuntelet. Kuuntele tarkkaan kanssa. Jesse pitää pienen tauon ja jatkaa sitten: - Jos sä et kerro missä ne rahat on, niin mä pistän tällä sua. Tuu nyt sen verran vastaan. Mä koitan auttaa sua! Jesse huokaisee lauseen lopuksi.

Dimi vain pyörittää päätään kieltävästi. Jessellä alkaa hermot kiristyä. Hän näyttää ruiskua Dimille tämän kasvojen edessä ja kysyy viimeisen kerran.

- Viimeinen mahdollisuus! Kerro missä ne rahat on. Muuten sulla palaa kohta polttimot päähän! Tajuuksä?!

Dimi vain laskee katseensa alaspäin ja nyt hänestä huokuu epätoivo.

Jesse raivostuu tästä. Hän tarttuu Dimiin kiinni käsistä ja kaataa hänet tallin lattiaan nopeasti ja voimalla. Dimitri lyö päänsä lattiaan ja yrittää jälleen huutaa, mutta nyt hän on Jessen otteessa. Pave vain seuraa baaritiskillä tätä kiristyvää tilannetta ja päättää puuttua siihen.

- Ai vittu! Mitä sä teet?! Ai saatana! Pave hätääntyy Jessen kovista otteista.

Jesse huutaa kaverilleen, että tulee pitämään kiinni Dimiä, ja Pave tulee käskystä rivakasti paikalle. Hän käärii Dimin hihan ylös ja pitää häntä paikallaan vahvoilla käsillään. Dimin on turhaa laittaa vastaan Paven tiukassa otteessa.

- No pistä nyt! Onks nyt hyvä?! Pave kysyy Jesseltä.

Jesse ottaa tupen pois piikin päältä hampaidensa väliin ja työntää piikin Dimin taipeeseen. Verisuoni löytyy helposti ja hän painaa pumpun männän nopeasti pohjaan. Sitten Jesse sanoo Pavelle, että tämä voi päästää irti.

Dimin huuto muuttuu hiljaisuudeksi, ja hetken päästä hän on tajuton.

Paven otsalta valuu hikipisaroita Dimin paidan päälle.

- Vittu kuolikse? Pave kysyy huolestuneena.

Jesse laittaa tupen takaisin veriseen vermeeseen, jota juuri käytti Dimiin ja pyyhkii otsansa hikikarpaloista.

- Ei. Kyl se hengittää, Jesse vastaa ja kokeilee samalla ilmavirtaa Dimin nenältä. - Tuota kutsutaan övereiksi. Jo toinen tänään!

Pave nousee ylös ja hengittää syvään. Tallissa vallitsee nyt syvä hiljaisuus. He molemmat menevät baaritiskille vaitonaisina, ja Jesse tekee viinasnapsit heille molemmille laseihin.

- No niin! Gin gin! Jesse sanoo kovaan ääneen ja kohottaa maljan.

- Mitä me juhlitaan? Pave kysyy.

Jesse naurahtaa holtittomasti ja juo snapsilasin tyhjäksi.

- No vaikka sille, miten kusessa ollaan!

- Just just. Vittu että naurattaa, Pave toteaa ja kumoaa myös lasinsa kerralla alas kurkustaan.

Jesse näyttää mietteliäältä ja heiluttaa hermostuneena samalla kieltänsä suussaan edestakaisin. Hän miettii, että nyt taitaa olla oikea hetki soittaa Kalle mukaan leikkiin, ja kaivaa tupakka-askin taskustaan. Hän ottaa yhden savukkeen sieltä ja jää pyörittelemään sitä käsissään mietteliäänä. Pave katselee sivusilmällä Dimitriä, kaataa toisen lasillisen vodkaa snapsilasiin ja huitaisee sen huiviinsa.

Jesse katsoo Pavea pitkään suoraan hänen silmiinsä toiselta puolelta baaritiskiä.

- Nyt soitetaan ratsuväki paikalle, Jesse toteaa.

Hän kaivaa kännykkänsä esiin, jossa on prepaid-liittymä, sekä paperin, jossa on Kallen antama numero. Hän näppäilee numeron kännykkäänsä ja soittaa numeroon. Se hälyttää. Menee tovi, ja Kalle vastaa.

- Kotka ykkönen!
- No minä täällä! Onko paha paikka? Jesse kysyy.
- Ei ollenkaan! Kerro ihmeessä.

Jesse raapii päätään ja miettii, miten tämän tilanteen selittäisi Kallelle.

- Tota, tässä olis pikku mutka matkassa, hän vastaa Kallelle eli 'Kotkalle'.
- Millanen?
- No koska sä pääset kattomaan?

Kalle hiljenee hetkeksi. Sillä aikaa Jesse kuulee ääniä, joista hän olettaa, että puhelimen toisessa päässä oltaisiin auton kyydissä.

- Missä te ootte? Kalle kysyy.
- Tallilla. Voin lähettää osoitteen tekstiviestinä. Sopiiko?
- Aaa. Okei. Lähetä vaan. Mä tuun heti, kun kerkeen. Saitko?
- Sain.

- Asia selvä.

Kalle lopettaa puhelun. Jesse laittaa puhelimen baaritiskille ja katsoo taas rikoskumppaniaan Pavea.

- No mitä se sano? Pave kysyy.

Jesse huokaisee ja tuijottaa tyhjin silmin Dimitriä tallin lattialla.

- Noh? Mitä se sano? Pave toistaa kysymyksensä.

Jesse havahtuu kysymykseen.

- Öööö. Se tulee tänne, kun kerkiää. Mä lähetän vaan osoitteen sille.

- Onkohan se nyt fiksu idea? Pave epäröi.

- Mitä?! Putsi puhelin! Jesse ärähtää. - Käy sä kattomassa Dimiä välillä, Jesse käskyttää, ja Pave tottelee välittömästi.

Sillä aikaa Jesse menee Paven tuoman muovipussin luo, jossa on Dimin läppäri. Jesse ajattelee tutkia sen, jospa siellä olisi jotain hyödyllistä. Ehkä jotain keskustelua rahojen sijainnista tai jotain. Hän ottaa tietokoneen pussista ulos ja menee baaritiskille sen kanssa. Jesse lähettää tallin osoitteen Kallelle tekstiviestillä ja käy sitten tietokoneen kimppuun. Hän painaa virtanappia, ja kone käynnistyy. Hän katsoo sillä aikaa Dimiä maassa.

- Noh? Miten se voi? hän kysyy Pavelta.

Pave seisoo noin viiden metrin päässä baaritiskistä, jolla Jesse istuu koneen kanssa.

- Kyl se hengittää!

Pave nostaa Dimin tuolissaan ylös lattialta. Jesse miettii, että Kalle varmasti tietää, mitä tehdä hänen kanssaan.

Kone aukeaa. "Ei salasanaa!" Jesse ajattelee, kun hän pääsee sisään tietokoneeseen. Koneessa ei näyttäisi olevan omaa nettiä, eikä hänen tai Pavenkaan alkeellisissa prepaid-puhelimissa ole sitä vaihtoehtoa. Jesse päättää tarkastaa 'omat tiedostot' koneelta. Sieltä hän menee kuvatiedostoihin. Siellä on jonkinlaisia kuvakansioita eri vuosilta. Hän klikkaa viime vuoden kansiota ja ensimmäistä kuvaa.

Siinähän on Pave ja Roosa yhteiskuvassa! "Mitä vittua?" Jesse miettii. "Eikö tämä olekaan Dimitrin kone? Ottiko Pave oman tietokoneensa mukaan Dimitriltä? Miksi se oli niin tärkeää, että se piti siinä tohinassa ottaa mukaan?"

Jessellä alkaa soida hälytyskellot. "Tässä on nyt jotain mätää. Katsotaanpas vähän tarkemmin", hän miettii. Koneella näkyy kansio, joka sisältää videoklippejä. "Katsotaas näitä", Jesse tuumailee. Hän ottaa äänet pois läppäristä ja avaa kansion.

Alaston lapsi ja Pave. Klippi pyörii jonkin aikaa ja videon tapahtumat alkavat kuvottaa Jesseä. Näyttäisi pahasti siltä, että hänen lapsuudenystävänsä onkin pedofiili.

Jessen läpi ryöpsähtää hämmennyksen ja ällötyksen sekaisia tunteita. "Mitä vittua?" hän miettii. "Eihän tällaista voi edes käsittää!"

Videoita näyttäisi olevan kymmeniä koneella. "Miten tällainen on voinut jäädä huomaamatta?" hän pohtii.

Seuraavaksi hän tuntee, että joku tuijottaa häntä. Hän katsoo baaritiskin yli. Pave seisoo siinä kiihtyneen näköisenä. Hänen poskensa ja korvansa punoittavat. Hän näyttää siltä, että hän varmasti tietää, mitä Jesse löysi koneelta.

- Miks sun piti avata se läppäri? Pave sanoo.

Jesse on niin ällikällä lyöty, ettei saa sanoja suustaan, mutta kysyy sitten:
- Mitä vittua Pave. Onks tää totta?
Jesse on hämillään.
- Anna tänne se läppäri! Pave vaatii Jesseltä.
Tässä hetkessä heistä tulee vihollisia toisilleen.
Jesse laittaa läppärin kannen kiinni hitaasti ja ojentaa sen Pavelle. Jesse miettii samalla pistooliaan housujen vyön ja selkänsä välissä. "Ehdinkö vetäistä sen esiin?" hän miettii.
Baaritiskillä on vasara, jota Pave katsoo. Jesse mietti, että jos Pave saa sen napattua haltuunsa, niin tilanne ei näytä hyvältä hänen kannaltaan. Pave on isompi ja vahvempi kuin Jesse, mutta jos Jesse ehtii ottamaan aseensa esille, niin sitä pitää olla valmis käyttämäänkin. Vaikka hän olisi kuinka lapsuudenystävä, tätä Jesse ei siedä.
Tilanne on erittäin jännittynyt. Adrenaliini syöksyy verenkiertoon. Molemmat vain tuijottavat toisiaan. Jesse vilkaisee vasaraa.
- Älä edes mieti sitä, hän sanoo Pavelle.

Pavella on läppäri kainalossa ja hän vilkuilee vasaraa ja Jesseä vuorotellen.

- Älä tee sitä! Jesse yrittää käskyttää.

Samassa hetkessä Dimi alkaa huutaa teippikerroksen läpi, ja Pave tiputtaa läppärin kainalostaan lattialle ja kääntyy katsomaan Dimin suuntaan hätäisesti. Jesse näkee tilaisuutensa! Hän nappaa nopeasti vasaran tiskiltä ja humauttaa sillä Pavea pään sivuun tiskin yli. Pave horjahtaa ja kaatuu tallin lattialle pitäen päästään käsillään.

- AI SAATANA! Pave huutaa.

Jesse kiertää baaritiskin toiselle puolelle, jossa Pave makaa. Jesse on niin huumeissa ja raivon vallassa, että hän menee seisomaan Paven ylle ja alkaa hakata Pavea vasaralla päähän.

- Vitun... pedari! Tästä... saat! hän huutaa samalla lyöntiensä välissä.

Veri roiskuu pitkin lattiaa jokaisen Jessen lyönnin iskeytyessä Paven päähän. Paven suojausyritykset käsillään loppuvat. Hänen kätensä veltostuvat, ja Jesse lopettaa lyömisen. Jesse tiputtaa verisen vasaran tallin lattialle ja rojahtaa tiskiä vasten lattialle. Hiki valuu hänen otsaltaan silmiin, joka saa hänen silmänsä kirvelemään. Jesse pyyhkii hikeä pois ja kaivaa tupakka-askin taskustaan tärisevillä käsillä hengästyneenä. Hän sytyttää tupakan ja vetää syvät henkoset rauhoittuakseen.

Tallissa vallitsee nyt hiljaisuus. Dimikään ei enää huuda, vaan katsoo Jesseä. Jesse katsoo sidottua miestä, ottaa henkoset tupakastaan veriroiskeet kasvoillaan ja sanoo Dimille rauhallisella äänellä:

- Vittu Dimi. Miten tää tähän meni?

Venäläismies katsoo silmät pyöreänä Jesseä ja Pavea lattialla. Veri valuu lätäköksi Paven pään ympärille. Hän on selkeästi kuollut.

Jessen nuoruuden muistot alkavat juosta kuin filmi silmien edessä. Hän muistaa sen kuin eilisen päivän, kun Pave ja hän nuorena polkivat pyörillään järvelle uimaan kuumana kesäpäivänä. Jesse tuntee auringon säteet kasvoillaan ja käsivarsillaan, kunnes havahtuu siihen, että se onkin Paven lämmintä verta. Hän istuu lattialla Paven ja baaritiskin välissä, ja yllättäen hänet täyttää täysi rauhan tunne. "Taivaallista", hän miettii tyhjine silmineen tuijottaen kattoa.

Joku koputtaa hiljaa tallin nosto-oveen.

Jesse heittää tupakanlopun Paven veren viereen tallin lattialle ja nousee ylös. Jesse katsoo kännykkäänsä, siihen on tullut viesti Kallelta. Siinä lukee '15 min'. Viesti on lähetetty parikymmentä minuuttia sitten.

"Sen on oltava Kalle", Jesse miettii, joten hän kävelee kevein askelin nosto-ovelle ja avaa sen puoliksi. Kalle tulee sisään kumarassa nosto-oven alitse ja suoristaa selkänsä. Hän näyttää pidemmältä kuin aikaisemmin. Miehellä on edelleen päällä musta maiharitakki ja maihinnousukengät jalassa. Kalle katsoo ympäri tallia ja näkee Dimin peloissaan sidottuna tuoliin sekä Paven pää tohjona baaritiskin lähellä verilammikossa.

Jesse laittaa oven kiinni.

- Tuliksä yksin? hän kysyy.

Kalle kävelee Dimin ohi Paven ruumiin luokse ja kyyristyy hänen viereensä. Hän katsoo Paven päätä ja veristä vasaraa lattialla.

- Oi joi joi! Mites täällä menee? hän kysyy.

- En vittu tiiä. Tällästä täällä, Jesse vastaa ja kävelee Kallen luokse. Hänen jalkojaan heikottaa.

Kalle vain hymähtää kylmä katse naamallaan.

- Mitä tapahtui? Kalle kysyy Jesseltä ja levittää isot kätensä.

Jesse selittää tyynellä äänellä koko jutun pähkinänkuoressa hänelle.

Kalle nousee ylös ja katsoo Jesseä.

- Ok. Mites Dimitri?

Jesseä alkaa väsymys painaa.

- Ei vielä saatu vastauksia siltä. Päätettiin odottaa sua, hän vastaa.

Kalle katsoo olkansa yli Dimiä ja kävelee hänen luokseen, Jesse seuraa perässä.

- Mä myrkytin sen, Jesse sanoo.

- Jaahas. Näkikse ton mitä sä teit kaverilles? Kalle kysyy Jesseltä.

- Taisi nähdä, Jesse vastaa tokaisten.

Kalle hieroo partaansa ja miettii hetken.

- Mitä sille pitäisi tehdä? Jesse kysyy.

- Haluuksä linnaan Jesse? Kalle kysyy ja avaa samalla maiharitakkinsa, jonka uumenista hän ottaa pitkän fileerausveitsen esiin, ja siirtyy Dimin taakse.

- Mitä nyt?! Jesse kysyy hätääntyneenä. - Älä saatana! Eiks sitä pitäny jututtaa niistä rahoista?

Jesse katsoo Dimin kauhun täyttämiä silmiä ja sitten Kallea. Kalle katsoo Jesseä syvälle silmiin ja vastaa kylmästi:

- Ei enää.

Sitten yllättäen Kalle viiltää Dimin kurkun korvasta korvaan.

Venäläisen veri pulppuaa kurkusta pitkin lattiaa, ja miehen pää retkahtaa rintakehää vasten.

Jesse oksentaa tallin lattialle. Kalle pyyhkii veitsensä Dimin selkään.

Jesse kakoo oksennusta, mutta saa sanottua välissä muutaman sanan.

- Hyi vittu!

Jesse putoaa polvilleen tallin lattialle.

- Mitä vittua?! hän huudahtaa.

Tämä alkaa olla liikaa Jessen mielelle. Nyt hän on todella peloissaan, mutta shokki peittää sen alleen. Jessen näkökenttä alkaa väreillä ja tuntuu, että hän sekoaa ihan kohta. "Miten tästä enää voi selvitä?" hän miettii paniikissa.

Kalle nostaa tärisevän Jessen lattialta, taluttaa baaritiskille istumaan ja taputtaa kyyryssä istuvaa Jesseä selkään. Kalle istahtaa vastapuolelle baaritiskiä.

- Sä pärjäsit hyvin. Sä teit oikein. Saisit olla ylpeä itsestäsi. Yks pedari vähemmän, Kalle sanoo.

Jesse nostaa katseensa Kalleen.

-Ei vittu. Onko sulla spiidiä? Nyt maistuis.

Kalle katsoo häntä miettivällä ilmeellä.

- Mä väsään meille vedot. Onko sulla vermeet mukana?

Jesse ottaa baaritiskiltä snapsilasin ja piikkinsä ja ojentaa ne tärisevin käsin Kallelle. Jesse alkaa murtua. Hän on juuri todistanut raa'an murhan sekä hetkeä aikaisemmin tappanut parhaan ystävänsä.

Menee hetki kun Kalle väsää vedot ja sitten pyytää murtunutta Jesseä ojentamaan kätensä hänelle. Jesse nostaa hihansa ylös ja laittaa kätensä kyynärtaive esillä baaritiskin ylle. Kalle löytää vanhan piikityskohdan helposti ja pistää Jesseä.

- Kohta humahtaa, Kalle sanoo ja painaa piikin männän nopeasti pohjaan kuin vanha tekijä. Sitten hän vetäisee piikin ulos ja laittaa paperitupon Jessen taipeeseen. - Paina sitä.

Jessen päähän todellakin humahtaa vahvaa amfetamiinia, ja se saa hänet haukkomaan happea. Hän katsoo Kallea, jonka otsaan kasvaa pirunsarvet ja sitten koko mies muuttuu aivan punaiseksi! Kallen naama muuttuu ilkeän näköiseksi. Hänen kulmansa nousevat, ja hän virnuilee demonimaisesti nojaten baaritiskiin.

Jesse alkaa kuulla helvetillistä örinää päänsä sisällä. Hän katsoo Kallea peloissaan.

- Sähän olet itse piru! Jesse sanoo.

Kalle vain virnuilee takaisin ja vastaa pirumaisella rohisevalla äänellä samalla, kun baaritiski leimahtaa liekkeihin:

- Tiedätkö sä miten kusessa sä oot? Mutta kyl me tää selvitetään yhdessä.

Jessen pää hajoilee pahemman kerran. Hän menee psykoosiin. Kaikki vääntyilee ja kääntyilee näkökentässä, ja Jesse tosiaan uskoo, että Kalle onkin paha piru. "Parasta totella häntä", Jesse miettii. "Miten tää enää voi pahemmaksi muuttua." Hänen mielensä hämärtyy, ja pelko muuttuu tyyneksi rauhaksi.

Lopulta Jesse menettää tajuntansa ja vaipuu omaan unimaailmaansa.

Välillä Jesse herää tallin lattialta. Kalle sahaa ruumiita palasiksi rautasahalla.

Sitten hän pesee tallin lattian puutarhaletkulla ja viheltelee samalla. Jesse ihmettelee hetken, miten huoleton Kalle on. Jesse sammuu jälleen.

Aamuyö loppuu ja aurinko nousee. Pihalla ilma on raikas, ja ensimmäiset pakkaset ovat tulleet. Teollisuusalue on hiljainen, kuolemanhiljainen.

Kalle herättelee Jesseä läpsimällä häntä poskiin.

- Herää Jesse!

Jesse havahtuu pakettiauton etupenkiltä. Hän on hämillään ja katsoo Kallea ohjaajan paikalla. Kaikki väreilee näkökentässä.

- Mihin me ollaan oikein menossa? Onko tää unta? Jesse kysyy.

- Pitää hoitaa vielä yks juttu, Kalle vastaa vilkaistessaan Jesseä. - Kaikki muu on kunnossa. Ja ei, tää ei ole unta.

Jesse on kuolemanuupunut ja ihmettelee harhoja mitä hän näkee. Sivusilmässä vilisee varjoja, ja aurinko häikäisee hänen silmiään.

Kalle ajaa kapeaa tietä metsän uumeniin. Tämä ei tunnu Jessestä hyvältä ollenkaan. Hänen päähänsä juolahtaa kysymyksiä, joten hän kysyy Kallelta:

- Entäs se tallijuttu? Miten sen selvittää?

Kalle pyyhkäisee naamaansa väsyneenä.

- Kaikki on kunnossa, Jesse. Mä siivosin kaikki jäljet, kun sä nukuit, hän vastaa demonimaisella äänellä.

- Mikä päivä nyt on? Mihin me ollaan oikein menossa?

- Tiistai kait. Kohta ollaan perillä.

Kalle kääntyy pieneltä metsätieltä vielä pienemmälle tielle, jota voisi kutsua jo poluksi.

- Aiotko sä tappaa mutkin? Jesse kysyy.

Kalle naurahtaa pirullisesti.

- Se on ihan susta kiinni. Kohta näet.

Hetken päästä he saapuvat soramontulle. Kalle pysäyttää auton ja sammuttaa sen. Hän huokaisee syvään ja katsoo sitten Jesseä.

- Ooksä valmis? Kalle kysyy. - Seuraa mua.

Kalle ja Jesse nousevat autosta ja kävelevät pakettiauton taakse. Kalle avaa takaovet. Jesse huomaa mustia jätesäkkejä auton perässä sekä maassa olevan montun pakettiauton vieressä. Hän aavistelee, että säkeissä on ruumiita, tai niiden osia.

- Heitetään noi säkit tonne monttuun, Kalle käskee. - Nyt! Hopi hopi!

Jesse alkaa hommiin. He molemmat tarraavat jätesäkkeihin kiinni ja kantavat ne monttuun yksi kerrallaan. Jesse on heikossa kunnossa, eikä jaksa kantaa painavaa viimeistä säkkiä, vaan pudottaa sen maahan.

Kivenlohkareet repivät pussin auki ja sieltä pilkottaa ihmisen käsi.

- Mitä vittua?! Ei saatana! Jesse säikähtää.

- Kaikki sinne vaan! Kalle kehottaa jatkamaan.

Jesse saa lopulta kaikki pussit monttuun, mutta huomaa, että jätesäkkien takana oli muutakin.

Joku makaa tajuttomana pakettiauton perässä. "Sehän on Krista!" Jesse tajuaa.

Jesse hyppää auton peräosaan ja koettaa herätellä Kristaa.

- Tuo se tänne ulos! Kalle sanoo kovaan ääneen.

Jesse tulee ulos autosta ja ihmettelee, miten Krista on myös siellä. Viimeksi

Jesse näki Kristan sohvallaan ennen lähtöä Dimin talolle.

- Mitä vittua Kalle? Mitä sä oikein meinaat Kristalle? Mähän takasin sen!

Kalle nappaa Kristaa jaloista kiinni ja vetää hänet autosta ulos.

- Nyt vittu Kalle! Mitä nyt? Jesse joutuu paniikkiin.

- Luulitko sä oikeesti, että Krista on syytön koko juttuun? Mä en epäillyt missään vaiheessa toisin. Se ne rahat vei! Mutta sun piti sekaantua asiaan. Tajuutsä? Se huijasi suakin!

Jesse hämmentyy entisestään.

- Entäs ne rahat? Missä ne on?

- Krista tunnusti, kun hain sen sun kämpiltä sillä aikaa, kun te olitte tallilla. Mä sain ne jo takaisin siltä.

Jesse on nyt aivan sekaisin.

- Ei tää oo totta! Oikeesti vai?

- Oikeesti, oikeesti! Se oli piilottanut ne yhteen metsään. Kalle vastaa ja jatkaa vielä: - Yks juttu vielä. Sä takasit sen, eiks ni? Nyt sun pitää hoitaa tää.

Jesse on hämillään. Kalle nostaa Kristan käsivarsilleen ja kantaa montun reunalle. Krista alkaa heräillä, kun häntä liikutetaan. Naisen suun ympärillä on teippiä, jotta hän ei pysty huutamaan, vaikka kuinka yrittäisikin. Kalle kaivaa revolverin muovipussista ja lataa siihen yhden patruunan. Yksihän riittää.

Jesse vain katsoo vierestä, ja Kalle ojentaa ladatun aseen hänelle. Jesse ottaa aseen vastaan epävarmoin tärisevin käsin.

- Sä tiedät mitä pitää tehdä. Kalle sanoo Jesselle.

- Ei vittu! Eihän tää nyt näin voi mennä! Jesse karjaisee.

- Joko se tai te molemmat. Mä uskon suhun. Ammu se kanttura!

Jessen paniikki muuttuu epätoivoksi, kun hän tajuaa, että ei ole muuta tietä pois tästä tilanteesta.

Ellei hän ammu Kallea Kristan sijaan.

Kalle nostaa Kristan polvilleen. Jesse katsoo Kristan kyynelehtiviä silmiä. Naisen meikit ovat valuneet itkuisten silmien takia. Kristan surulliset vihreät silmät anelevat, ettei Jesse ampuisi häntä.

Kalle osoittaa Jesseä omalla aseellaan.

- Hoida se, tai sä olet seuraava, Kalle sanoo.

Jesseltä valuu kyyneleet, mutta pyyhkäisee ne pois vasemmalla kädellä.

Sitten hän nostaa revolverin kohti Kristaa, mutta epäröi käsi täristen.

- Ammu se! Kalle huutaa Jesselle.

Jesse säpsähtää pelosta. Hän tajuaa vihdoin, että jos hän aikoo pysyä hengissä itse, niin hänen on tapettava Krista.

Krista anelee edelleen itkuisilla silmillään ja yrittää huutaa.

Jesse kääntää nopeasti aseen kohti Kallea. Molemmat osoittavat toisiaan tiukka ilme kasvoillaan. He mittailevat toisiaan hetken.

- Anna anteeksi, Jesse sanoo sitten ja kääntääkin aseen takaisin kohti Kristaa ja puristaa liipaisinta.

PAM!

Kristaa osuu rintaan ja hän kaatuu takanaan olevaan monttuun. Aseen laukaus kaikuu hetken, ja sitten hiljaisuus täyttää metsäalueen.

Syvä tyhjyys täyttää Jessen ja hän kaatuu maahan kontilleen.

Kalle tulee hänen luokseen, ottaa revolverin, pyyhkii sormenjäljet siitä ja laittaa sen muovipussiin takaisin. Kalle menee montun reunalle ja ampuu Kristaa vielä kolme kertaa omalla pistoolillaan.

PAM! PAM! PAM!

Jesse ei säpsähdä enää, vaan tuijottaa käsiään ikään kuin ne olisivat verentahrimat.

Kalle laittaa aseensa pois ja tulee Jessen luo. Hän nostaa jälleen Jessen ylös, ottaa hartioista kiinni ja sanoo:

- Nyt sä oot valmis. Oikein tehty Jesse.

Jessen katse on kuin kiveä, muutama kyynel vieläkin poskellaan. Kalle pyyhkii Jessen kyyneleet, pyytää ottamaan lapion ja täyttämään montun maalla.

- Näin ne hommat hoidetaan! Saatana! Kalle ärähtää. - Sä suoriuduit hyvin! Jos kiinnostaa, niin mulla olisi sun kaltaiselle miehelle käyttöä. Mitä luulet? Oisko susta nyt siihen? Yhdessä me voitais tehä paljon hyviä juttuja, Kalle sanoo samalla, kun lapioi maata monttuun rivakasti.

Mutta Jesse on hiljainen ja vain lapioi. Hän on nyt muuttunut mies. Mikään ei enää ole ennallaan tämän jälkeen.

Ne rippeet, jotka tekivät hänestä vielä hyvän ihmisen, hautautuu viimeistään tähän kuoppaan noiden ihmisten kanssa. Se jokin meni rikki Jessen sisältä, ja tilalle tuli jotain mustaa. Pelkkää avaruudellista mustaa.

"Tämä ei ole unta. Tämä on totta", Jesse miettii.

Hänen silmänsä ovat pyöreät. Hän on syntynyt uudestaan, ja Kalle on syypää siihen. Nyt hän on tappaja.

Jesse hymyilee mielenvikaisesti. "Myin sieluni itse pirulle, mutta on tässä hyväkin puoli. Tätä mä olen tarkoitettu tekemään. Ehkä ensi kerralla se on helpompaa. Luulisin niin. Olen kylmä, mutta minua ei palella."

He täyttävät montun maalla, kunnes ilta alkaa hämärtää ja räntää alkaa sataa. Sitten he ajavat pois paikalta pimeän metsäpolun läpi.

Jesse on valinnut polkunsa. Hän ja Kalma Kalle ovat nyt liitossa. Kun Pave ja Dimitri ovat poissa, ei pitäisi olla mitään ongelmaa enää venäläisten kanssa.

Krista on nyt samassa montussa heidän kanssaan, ja Kalle sai rahansa takaisin häneltä. Niin hän ainakin sanoi Jesselle. Totuus on, että vain vahvat selviää täällä. Mutta miksi Kalle ei hoidellut Jesseä samalla? Ehkäpä hän näki potentiaalia Jessessä johonkin yhteiseen tulevaan. Nyt Jesse on upea puuveistos Kallen silmissä. Hän onnistui tekemään Jessestä hullun pikku apurinsa. Jos joku joskus kyselee näistä tapahtumista, niin vastaus on selkeä. "En minä tiedä mistään mitään." Ehkäpä ne venäläiset haluavat vielä kostaa. Mutta se onkin jo toinen tarina.

Nyt asiat on hoidettu. Koko soppa vaati yhteensä kolme henkeä. Tehty mikä tehty. Paluuta vanhaan ei ole.

On vain hiljaisuus.

<u>KIITOKSET</u>

Esiluku ja muu-apu: Sanna Kotajärvi

Oikoluku: Sanna Kotajärvi

Kansien taitto: Virpi Mäkelä

Lisäksi haluan kiittää kaikkia muita jotka ovat esilukeneet, antaneet palautetta, tai muuten auttaneet saamaan kirjan valmiiksi!

Kiitos kaikille teille!